浙江师范大学非洲研究文库
非洲人文经典译丛·第二辑
总主编 汪 琳 刘鸿武 胡美馨

阿诺瓦
与
幽灵的困境

Anowa and The Dilemma of Ghost

Ama Ata Aidoo

[加纳]阿玛·阿塔·艾杜 著

张炳飞 译

浙江工商大学出版社
ZHEJIANG GONGSHANG UNIVERSITY PRESS 杭州

图字：11—2021—267

图书在版编目(CIP)数据

阿诺瓦与幽灵的困境 / (加纳)阿玛·阿塔·艾杜著;
张炳飞译. —杭州:浙江工商大学出版社,2024.12
(非洲人文经典译丛 / 汪琳,刘鸿武,胡美馨主编. 第二辑)

书名原文:Anowa and The Dilemma of Ghost
ISBN 978-7-5178-3469-4

Ⅰ. ①阿… Ⅱ. ①阿… ②张… Ⅲ. ①戏剧文学—剧本—作品集—加纳—现代 Ⅳ. ①I445.35

中国版本图书馆 CIP 数据核字(2021)第 258767 号

DILEMMA OF A GHOST AND ANOWA by AMA ATA AIDOO
Copyright: © Ama Ata Aidoo 1965, 1970
This translation of Dilemma of a Ghost and Anowa is published by arrangement with Pearson
Education Limited.

Simplified Chinese edition copyright:
2024 Zhejiang Gongshang University Press
All rights reserved.

阿诺瓦与幽灵的困境
ANUOWA YU YOULING DE KUNJING

[加纳]阿玛·阿塔·艾杜 著
张炳飞 译

出 品 人	郑英龙
策划编辑	姚 媛
责任编辑	张莉娅
责任校对	王 英
封面设计	望宸文化
责任印制	包建辉
出版发行	浙江工商大学出版社
	(杭州市教工路198号　邮政编码310012)
	(E-mail:zjgsupress@163.com)
	(网址:http://www.zjgsupress.com)
	电话:0571-88904980,88831806(传真)
排　　版	杭州朝曦图文设计有限公司
印　　刷	杭州高腾印务有限公司
开　　本	880mm×1230mm　1/32
印　　张	6.375
字　　数	153千
版 印 次	2024年12月第1版　2024年12月第1次印刷
书　　号	ISBN 978-7-5178-3469-4
定　　价	56.00元

　　本书的版权购买、翻译出版获浙江省"一流学科（A类）"（浙江师范大学外国语言文学）、浙江省重点高校建设（浙江师范大学外国语言文学）、教育部浙江省非洲研究与中非合作省部共建协同创新中心等经费资助。

总　序

　　《周易》曰："刚柔交错，天文也；文明以止，人文也。观乎天文，以察时变，观乎人文，以化成天下。"文明作为一种在历史演进过程中积淀下来的价值观念、生活方式、知识体系，是各民族自身延续的精神根基。在中华民族的"人文化成"观中，文明既根植于"天人合一""仁民爱物"的人文精神，又富含"己所不欲，勿施于人"的道德理性与"和而不同"的和谐理念。"文明以止"，讲求"修文德以来之"，即通过文化的吸引力和典范作用来教化民众、治理社会、认同文化，从而实现"天下一家"的目标。今天，在全球化浪潮的冲击下，各地区面临着巨大的机遇和挑战，习近平总书记提出："我们应该从不同文明中寻求智慧、汲取营养，为人们提供精神支撑和心灵慰藉，携手解决人类共同面临的各种挑战。"（《文明交流互鉴是推动人类文明进步和世界和平发展的重要动力》，《求是》2019年第9期）文明交流互鉴已经成为人类发展的重要基础和途径。

中国与非洲虽远隔万里，但双方人文交流源远流长，文明互鉴积厚流光。中非文明都蕴含集体主义思想，都崇尚人与自然的和谐相处，都曾在不同时期产生过独特的思想智慧，这些共同点拉近了中非文明之间的距离。早在《汉书》中就有过关于中非交往的记载。唐代杜环的《经行记》，宋代李石的《续博物志》、周去非的《岭外代答》、赵汝适的《诸蕃志》，元代汪大渊的《岛夷志略》，明代马欢的《瀛涯胜览》、费信的《星槎胜览》、巩珍的《西洋番国志》，清代林则徐的《四洲志》、魏源的《海国图志》、张德彝的《航海述奇》、丁廉的《三洲游记》等等有文字记载的史料，都表明了中非人文交流的悠久历史，也演绎了文明碰撞与交融的生动画卷。人文交流是人与人之间沟通情感和思想的桥梁，也是国与国之间加深理解和信任的纽带。与官方主导特征明显的公共外交和过于松散自发的民间交流相比，人文交流具有基础性、广泛性、持久性等特征。当今世界处于百年未有之大变局之中，中国比历史上任何时候都更深刻地与外部世界维系着复杂的互动关系。人文交流可以使中非文明互鉴走出一条互相尊重、平等对话、多元交流的新型道路，可以使当代国人形成更均衡的全球文化视野，理解人类多元文化之美，"美人之美，美美与共"。

进入21世纪后，中非合作论坛与"一带一路"倡议为中国和非洲的共同发展打开了新的机遇之门。中非文化交流广泛深入，已经成为中非交流的重要组成部分，但当前仍面临多重困难：其一，西方媒体着力宣扬"中国新殖民主义""中国掠夺资源论"，意在误导国际舆论，造成非洲民众对中国的不信任；其二，非洲文化中自然主义的村社传统和部落精神与中国的礼仪传统和儒家思想大相径庭，交流中容易产生偏见与误解。推进中非文化交流的要义在于人民的参与，即要深入人民的日常生活，聚焦人民的现实情感需求。对话是双向的，有双方共同关心的话题、共同理解的话语体系，才能使交流双方有更多的路径参与其中，从而获得参与感、满足感和认同感。语言与社会文化的共生性决定了翻译在中非文化交流中扮演的重要角色——为中非双方扫清沟通障碍，消除偏见与误解，增进彼此间的了解。翻译是一个窗口，可以向彼此展现更加真实、立体、全面的异域文化。简单回顾非洲文学在我国的译介史，有助于理解文学翻译在中非文化交流中的作用。

我国对非洲文学的译介肇始于晚清。出生于埃及的诗人蒲绥里的《衮衣颂》（1890，今译《斗篷颂》）是有记载的最早的非洲文学汉译作品。南非女作家旭莱纳的短篇小说集《梦》（1923）、法属马提尼克作家赫勒·马郎的小说《霸都亚纳》（1928）等作品契合了当时五四运动和左翼文学的风尚，成为20世纪初期屈指可数的非洲文学汉译作品。

20世纪五六十年代，中国虽已成功摆脱殖民主义桎梏并取得了民族解放，但与正在争取自身独立的非洲国家有着强烈的共鸣，并在思想和行动上对其进行了积极的支持与帮助。该时期的译介主要服务于政治宣传，中非建交与领导人互访等外交事件成为译介热潮的直接推动因素。反殖民主义色彩越强烈的非洲作家，就越受我国新闻出版界的重视。如塞内加尔国民作家桑贝内曾于1958年参加在乌兹别克斯坦首都塔什干举行的第一届亚非作家会议，并在会后应中国作家协会和中国亚非团结委员会的邀请，到中国参观访问。桑贝内出版于20世纪60年代的几部小说在中国几乎被同时翻译并相继出版，甚至有出版社推出改编连环画，印数高达56万册，令人惊叹。

改革开放以后，非洲文学蕴含的政治功能在我国逐渐淡化，译介种类更为丰富，但数量与前一阶段基本持平。出版界在获得以美学价值为评判尺度的决定权后，起初有过一段探索和适应期，这时，西方颁发的国际性文学奖项成了一定程度上的出版导向。自20世纪80年代起，索因卡、马哈福兹、戈迪默、库切、阿契贝等非洲作家陆续获诺贝尔文学奖、布克国际文学奖等国际奖项，这些作家的代表作均在20世纪末21世纪初被译成中文，其所属的尼日利亚、埃及、南非等国的文学作品也顺势成为我国非洲文学译介的重心。

中非合作论坛成立于世纪之交，为中非文化交流提供了新的平台，但文学翻译在21世纪第一个10年产出不丰。2013年，习近平总书记提出"一带一路"倡议之后，非洲文学作品的翻译迎来井喷期，译介视野得到极大拓展，最明显的变化是出现了多个较大规模的文学译丛与个人作品集。比如：由浙江师范大学牵头、浙江工商大学出版社出版的"非洲人文经典译丛"，这是我国第一个以非洲文学为主体获得国家出版基金项目资助的译丛；华文出版社的"丝路文库"；南方家园出版社的"南方家园非洲系列作品"。另外，北京燕山出版社的"天下大师"系列推出了戈迪默与索因卡的作品集，南海出版公司推出了阿契贝作品集，译林出版社推出了奥克瑞作品集，中信出版集团推出了科托作品集，人民文学出版社推出了阿迪契作品系列，等等。

　　一个值得注意的现象是，尽管在21世纪，非洲法语文学的中译本在数量上远远不及非洲英语文学的中译本，但非洲法语文学在中国大放异彩，两届法国龚古尔文学奖"中国之选"的获奖作品均由非洲或非裔作家所作。2018年，法国龚古尔文学奖首次来到中国，由中国评委从龚古尔学院评选的10余部入围法语作品中票选出"中国之选"，最终获奖作品为塞内加尔裔法国籍作家迪奥普的《灵魂兄弟》，其中译本于2年后问世。迪奥普虽未获当年的法国龚古尔文学奖，却在3年后凭此书成为第一位获布克国际文学奖的法国作家。2021年，第二届法国龚古尔文学奖"中国之选"颁给了塞内加尔作家萨尔的《人类最秘密的记忆》，萨尔也凭借该作品成为撒哈拉以南非洲首位获法国龚古尔文学奖的作家，该作品的中译本的出版也在紧锣密鼓地推进中。

我国百余年来对非洲文学的翻译工作架起了中非民心相通的桥梁。民心相通的前提是互相尊重，而文学翻译是其中耗资最少、收效最佳的路径。我国的穆斯林代表团曾将马金鹏先生翻译的《伊本·白图泰游记》赠给摩洛哥国王哈桑二世，在当地引起了轰动。2002年，摩洛哥国王访问我国，提到了《伊本·白图泰游记》这本书。2014年的中阿合作论坛第六届部长级会议上，习近平总书记在开幕式上的讲话中也提到了此书。这是文学翻译在中非人文交流中连通民心、发挥巨大作用的一大例证。可见，我国越来越重视文学翻译在中非民心相通过程中起到的基石作用。

文学翻译也同样有力地推动了中非文明互鉴。非洲第一个诺贝尔文学奖得主索因卡曾于2012年访华，他在中国社会科学院所做的演讲题目是"非洲大陆半个世纪的复兴之路"。中非当代文学创作的共同特征之一就是对民族复兴梦的追寻。文学翻译能够在尊重文化多样性的基础上加强文明互鉴，推动中非实现"中国梦"与"非洲梦"。非洲历来善于吸收外来文化：索因卡曾提到自己读过李白、杜甫、苏东坡的诗文，也读过中国当代诗人作品合集的英文版；《三国演义》在非洲的翻译和传播使关羽在南非成为反抗暴政与种族压迫的正义象征；尼日利亚戏剧家费米在中国观剧后，回去写了非洲版的《雷雨》……中国文学对非洲文化的影响可谓润物细无声。非洲现代文学个性鲜明，同时从古老的口述传统与现代的西方文学中汲取养分，融会贯通，展现民族自信，已有多位在非洲出生的作家（如加缪、索因卡、马哈福兹、戈迪默、库切、古尔纳等）斩获诺贝尔文学奖。今天的中国社会也经历了改革开放40多年来的巨变，在通过文学建构国家与民族形象，并有效地对外传播这一点上，中国文学可以向非洲文学学习。中国文化的"走出去"与非洲文化的"走进来"只有实现同频共振，才能谱写出追寻中非民族复兴梦的新篇章。

回顾非洲文学在我国百年译介的得失，我们可以清楚地认识到，当前对非洲人文经典的翻译应兼具国际视野和中国情怀。中国和非洲历来是休戚与共的"命运共同体"，双方在当前文化领域都需要摆脱将西方置于世界视野中心的知识运作方式，带着对自身文化身份的认同，介入21世纪世界文学秩序的重构。非洲赢得民族独立之后，在文艺界、知识界、思想界均奋起直追——记录国族历史，思考社会问题，探索非洲精神，憧憬全面复兴，取得了前所未有的发展成就，为非洲吸引了世界的目光，赢得了广泛的赞誉。可以说，在某种程度上，非洲人文思想正在引领"非洲梦"的实现。在彰显文化自信的"一带一路"倡议下，中国学界应该脱离西方奖项与批评的框架，带着国际视野和中国情怀来筛选非洲人文经典作品进行翻译，促进文化传播与文明互鉴。"非洲人文经典译丛"开国内集成式非洲人文经典译介之先河，以全球非洲学者评选出来的"20世纪非洲百部经典"为基础，挑选出一系列在非洲本土极具影响力、至今尚无中译本的作品进行翻译。在知识与思想高速流转的时代，这些作品能够帮助中国读者打破对非洲的刻板印象，读懂非洲故事，理解非洲人民的精神与情感，以更开放的姿态拥抱世界。

非洲研究是浙江师范大学的一大研究特色，外国语学院就设有非洲翻译馆（非洲翻译研究中心）、非洲文学研究中心等多个研究机构。近年来，外国语学院在非洲翻译与研究领域成果颇丰：《20世纪非洲名家名著导论》评介了14个非洲国家的30位作家的生平及作品，《非洲民间故事》收录了80个民间故事，《非洲艺术史》是国内第一部非洲艺术通史译著，"日本对非研究译丛"为国内首批翻译日本对非洲经济、教育、文化、社会及对非政策研究的基础丛书，等等。其中，"非洲人文经典译丛"是启动最早的项目之一。2015年初，我们萌生了将"20世纪非洲百部经典"中的作品译成中文的想法，计划经由翻译工作，深入解读文本，开辟新的学科发展方向。经过认真研讨与论证，在学校非洲研究院的大力支持下，外国语学院依托非洲研究平台优势，积极整合校内外资源，推进跨学科合作，很快成立了"非洲人文经典翻译与研究学术组"。但在真正落实"非洲人文经典译丛"的翻译出版工作时，联系版权、签订合同、翻译作品、设计封面、审校稿件等环节都陆续出现了意想不到的困难，但学术组成员咬着牙，在浙江工商大学出版社的鼎力支持下，啃下了一块又一块硬骨头。从2018年开始，由浙江师范大学外国语学院时任院长洪明教授和非洲研究院院长刘鸿武教授担任主编、外国语学院时任副院长胡美馨教授和非洲文学研究中心主任汪琳博士担任副主编的"非洲人文经典译丛"第一辑中的12部译著陆续出版。值得一提的是，其获得了国家出版基金资助。

"非洲人文经典译丛"第一辑共翻译出版了12部非洲人文经典著作，涵盖文学、哲学、人类学、民俗学、历史学、社会学等不同人文领域，作者来自加纳、塞内加尔、南非、津巴布韦、肯尼亚、尼日利亚、博茨瓦纳等多个国家。《索苏的呼唤》由加纳作家米沙克·阿萨尔所著，是一本颂扬勇气和决心的儿童绘本。《一封如此长的信》的作者为塞内加尔最具国际影响力的女作家玛利亚玛·芭，书中讲述了被遮蔽的非洲现代女性在爱情、婚姻、事业中的挣扎与反抗。《沿着第二大街》是非洲人文主义之父艾捷凯尔·姆赫雷雷的成名作，书中再现了作家的童年时光和少年时代。《解放了的埃塞俄比亚》作为加纳民族主义领袖 J. E. 凯斯利·海福德为数不多的文学作品，是一本有关自我、家庭和国家之爱的沉思录。《蝴蝶燃烧》出自津巴布韦著名女作家伊旺·维拉之手，书中讲述了黑人女孩难以逃离现实，最终选择死亡，如蝴蝶般燃烧自己的故事。《听阿玛杜·库姆巴讲故事》是塞内加尔作家比拉戈·迪奥普从个人经历出发，以童年时期和担任兽医期间接触到的民间故事为基础再创作的充满格里奥风格的民间故事集。《面向肯尼亚山》是肯尼亚开国总统乔莫·肯雅塔的一部人类学著作，也是当时少有的由非洲人自己写就的民俗专著。《活着，恋爱，夜不能寐》是一部短篇小说集，作者为反对种族歧视及致力黑人女性书写的南非作家辛迪薇·马戈那。《南非原住民生活状况，欧洲大战与布尔人反叛前后》由南非作家所罗门·特希克肖·普拉阿杰所著，从原住民与白人的历史纠葛、经济与政治的影响等方面系统全面地描述了自1910年南非联邦成立后，政府掠夺南非黑人资源的事实。《面具之外：种族、性别与主体性》是尼日利亚裔英国籍作家阿米娜·玛玛探讨黑人主体性建构的学术著作，其将种族和性别视作理解身份和主体性概念的关键。《印达巴，我的孩子们：非洲民间故事》由南非文化历史学家、作家乌萨马祖鲁·科瑞多·穆特瓦所著，是一部记录非洲部落生活的神话故事集。《权力问题》是南非裔博茨瓦纳籍女作家贝西·黑德的代表作，该书以自传形式揭露当代非洲在欧洲殖民统治后遗留下来的种族、人权、性别歧视等复杂问题。

"非洲人文经典译丛"第一辑推出后，取得了相当不错的市场反响，也得到塞内加尔的《太阳报》、国内的"学习强国"和《北京青年报》等多个重要媒体平台的推介，但我们并未就此停下脚步。非洲人文经典的译介工作任重而道远，"20世纪非洲百部经典"中还有不少作品有待翻译，也有不少领域有待拓展，我们会在"非洲人文经典译丛"第二辑中为中国读者介绍更多非洲作家的作品。未来我们还将给予译丛更大的开放性，在"20世纪非洲百部经典"的基础上，带着国际视野和中国情怀，选择更多表现时代，甚至引领时代的作品进行翻译，为中非人文交流开辟新的空间，提供新的动力。

"非洲人文经典译丛"第二辑的推进，得益于各位译者的认真负责与细致钻研，也得益于浙江师范大学非洲研究院院长刘鸿武教授、外国语学院院长胡美馨教授的大力支持和无私奉献。本译丛在设计与推进过程中曾得到浙江大学中华译学馆馆长许钧教授、浙江大学世界文学与比较文学研究所所长吴笛教授、广东外语外贸大学云山工作室首席专家聂珍钊教授、杭州电子科技大学非洲及非裔文学研究院院长谭惠娟教授、浙江外国语学院科研处处长洪明教授、浙江师范大学非洲研究院党总支书记王珩教授、上海师范大学外国语学院姚峰教授等诸位专家学者的指导和帮助，对此我们感怀于心。要感谢的人和事还有许多，难免考虑欠周，挂一漏万。此外，译丛虽经多重把关，但难免存在一些疏漏之处，恳请各位专家读者批评指正。

从第一辑的启动到如今第二辑的出版，"非洲人文经典译丛"已经走过了8年多的时光。当今国际局势复杂多变，人文交流的可贵性和必要性更加凸显。希望本译丛能为冷峻的国际关系注入一股富有温情的人文力量，为更好地开展中非人文交流、中外文明

阿诺瓦与幽灵的困境

互鉴提供一些启示。

汪　琳

2022年7月于浙江金华

目　录

阿诺瓦

阿玛·阿塔·艾杜

致我的妈妈

"阿巴斯玛阿姨"

她说了一个故事并唱了一首歌。

人物

老年男性：明辨是非的智者

老年女性：明辨是非的智者

一个男人和一个女人：不说一句话

阿诺瓦：长大后的年轻女人

科费·阿科：阿诺瓦的男人

奥沙姆：阿诺瓦的父亲，吸着烟斗

阿布娜·巴杜阿：阿诺瓦的母亲，痛哭前必先抱怨一番

男孩：一个年轻的奴隶，大约20岁

女孩：一个年轻的奴隶

潘因和卡克拉：一对双胞胎男孩，他们的职责是扇一把空椅子

吹号者

其他男人和女人：奴隶、搬运工、欢呼的女人、打鼓者、传信的人、城镇居民

上演笔记

舞　台

除非制作人很有创意并能依赖于速度，否则很有必要解释一下舞台的各个部分，不是紧邻的角度（右边的舞台，左边的舞台），就是垂直的角度（舞台上方，舞台下方）。后者出现在整个剧本中，因此这些门就有上方左面、上方右面、下方左面、下方右面四个部分。第二个舞台比第一个狭窄（小），事实上，在观众和真实的舞台间的空间，都为此服务。

人物表

名单很长，但是场景不多，如果有必要，一个人可以扮演两个或更多的角色。

化　装

只要前后一致，非洲人能做的任何事物都可以派上用场。要不然，一套加纳服装也可以用作戏服。

阿诺瓦：在第一幕的开头，她用一块2码长、45英寸宽的布裹着身体。在第一幕的后期，她加上了和原先的那块布类似的一块布，让它裹着下半身，原先的那块裹着胸部。在随后的场景里，她可能改变第二块布的风格，把它当作披肩，或者绕过肩膀和手臂，表达她的感受——冷漠、孤独或伤心，但是在整个剧本中，这两块布一直不更换。

巴杜阿和老年女性：和第一幕的阿诺瓦的装扮一样。

第一幕的无名女人：一块旧布裹着下半身，当作裙子，加上看上去陈旧、过时的棉衬衫，也许还有打褶的花哨袖子。

科费·阿科：在第一幕和第二幕的开头，他穿着男式工作服，是一条长裤子和一件套衫，都很旧了，可能还打着补丁。从第二幕的中间开始，他总是穿着休闲服，比如说用一大块印花布（4码到6码宽）裹着整个身体，顶端部分集中在左肩。第二幕的后期和整个第三幕，他穿着加纳套装（服装用值钱的料子做成，比如天鹅绒或者丝绸）。在这些场景中，他穿着凉鞋，头上戴着金子做的束发带，手上戴着金戒指和其他金饰品。（舞台都是金子做的！）

第一幕的无名男人、男孩和其他男性奴隶：都穿着男式工作服。

老年男性和奥沙姆：穿着男式休闲服。

灯 光

熟练地广泛应用灯光会产生很好的舞台效果，尤其是在场景开始和结尾时。它简化了场景的背景，加快了剧情的展开。当然，传统舞台的幕布总是会用到的。

祭 酒

如果能灵活地实施祭酒，酒可能会实实在在地倒在舞台上。

音 乐

只要能够营造恰当的氛围和对举动做出评价，加纳音乐也可以由非洲其他音乐或者任何其他民间音乐替代。阿滕特本①在这儿用于象征阿诺瓦，它是一种单一的精美的但又狂野的管乐器。

牛角：通常很古老，由于祭奠的血液的浸染而变成了深棕色。它是凳子的附加物，是国家和村子或者群体力量的象征。一个人如果觉得自己有钱有势，他会要求拥有一个牛角而不是一只凳子。

---

① 加纳的一种竹笛。（译者注）

事实上，获得这样的一个牛角就表明拥有了权力。牛角赞美主人，它的语言代码类似那些鼓声。

方顿佛罗姆：一种大男人演奏的鼓，鼓声低沉。

进 展

没有必要紧跟着指令做，重要的是给观众创造一种奢华的观感体验；整套豪华的设施，用于整个第三幕，也能用于任何一个特定的演出。

结 尾

随着阿诺瓦的离开，整个剧本很有可能结束了；或者可以按照剧本，让那明辨是非的智者出现在最后的场景中。这个选择是开放式的。

序　幕

[那明辨是非的智者进来。

老年男性总是第一个从观众席的左边上场。老年女性从右边
上场。两人都以同样的方向下场。老年女性很干枯，撑着一根拐
杖，她的声音沙哑，带着气喘声，一辈子都喜欢干涉别人的事务。
她走到一半时，开始说话，走完另一半后，结束说话。随着拐杖
的砰砰声，她进来，无论何时，她都是最后一个离开的人。伴随
着长时间的咳嗽声，她离开。她总是不安静，常常焦虑不安地说
话，在舞台的下方，挥着拐杖，来回走着。老年男性很安静，关
于他的任何事都很有秩序。他静悄悄地入场，在说完话后，下场。
两人都没有出现在舞台的上方。有一堆木头堆在那里，有时候老
年女性会坐在上面。]

老年男性　在阿布拉州，

　　　　这必定就是最好的土地之一，

这是奥德曼卡玛（Odomankoma），我们的造物主，给予我们的。

每件事合理地发生着：

每天太阳升起，

但是很少晒焦我们的庄稼。

雨也下得很好，

地球女神把自己

给予了解季节的它们；

河水丰沛，像所有的神灵

总有生气的时候那样也会涨潮，

但是在大家的记忆里，几乎没有洪水。

在我们身后的北方，阿布拉布拉（Aburabura），

我们那既美丽又孤独的大山，它的山峰直冲天空，

提醒我们地球不是平的。

在南方，纳纳·波斯姆坡（Nana Bosompo），海水奔腾不息。星期二的霸主，

他的日子必须是神圣的。我们深深地了解他，只要坐在美丽的沙土上，

即使最不愿冒险的都能抓到鱼。

然而那个勇敢的人，读了星座，

比起水沟里的水流，他更容易驾驭波浪。

而你，万能的神，我们先辈们的主人，

我们并没有夸大这个……

[他右手的手指弯曲，好像握着一个杯子，拿高一点，做
出倒酒的动作。] 在真诚的感谢中，

向你祈求，一切会继续变好，甚至更好。

但是，把你的耳朵靠得更近一点，我的朋友，

这样我可以低声告诉你一个秘密。

我们的军队，虽然组织得很好，

但更擅长熄火，而不是战争的艺术！

因此，请你们，

不要让后辈伤心地评价，

在那个危险时刻，我们的议会里的贵族

寻找来自天外的人们的保护，

反对来自北方的亲人，他们更活跃；

我们只要一点儿的和平，

我们的祖辈逃离了更大的农庄，

来到这些地方，

在三位尸体做过防腐处理的长者的领导下。

然而，还有更大的罪恶

我们从我们的部落里继承下来

融入其中，以免当时机成熟，我们却忘了

这些堡垒立在大海的门上

提醒我们的孩子

海洋做证。

现在，听着……哦……听着，听着，

如果我们当中有人，发现了一个普通的盛着酱汁的碗，

他们和陌生人，玩着浸汁的游戏，

谁会抱怨？

同一个肚子里都能出来截然不同的人；

人们总是会去

让他们饥饿的肚子不再饿的地方，

那里就是他们待的地方。

哦，亲爱的，不要让我们都感到惊讶

这一个，那一个

依赖于为了他们的福利而出现在

我们中间的那些白色陌生人：

科费过去、现在和将来都是

我们中的一员。

［老年女性的第一次手势。］

我们怎么说我们的孩子，

不幸的阿诺瓦？让我们说

阿诺瓦不是我们平常遇到的姑娘。

老年女性 阿诺瓦是别样的。就像故事中的所有美丽的姑娘，

她拒绝嫁给任何一个向她求婚的强壮的男人。没人知道

她怎么了！

老年男性 有着几个化身的孩子，

她听自己的故事，

开自己的玩笑，

遵循自己的建议。

老年女性 我们中的一些人认为她让自己

非同一般的美丽模糊了对于世界的幻景。

老年男性 和卡拉多·阿汀玛一样漂亮

是一些人的生命之线。

一个精致的小罐

制作得很好，

抛光得很平滑，

放在一个贵族家里的角落里。

［巴杜阿从右上方的门入场，走到离舞台下方几步远

的地方，停下来，站着看老年男性和老年女性。］

老年女性　其他人认为她的妈妈巴杜阿惯坏了她。我们可以问一下：为什么阿诺瓦那么拘谨？她说"我不想，我不想"时，究竟想到哪里了？巴杜阿应该告诉她的女儿，一棵小树弯腰就会折断，它不会笔直地成长。

巴杜阿　[突然大声说话，手指很显然指着老年男性和老年女性，但是自言自语。]也许，这也许是我的错。但是那些明辨是非的智者嘴边总挂着她的名字，她怎么能好？

　　　　[她愤怒地转过身，从她来的地方退场。老年男性和老年女性没有显露出他们注意到了她。]

老年男性　但是这就是阿诺瓦

和科费·阿科。

这时，已经离那个协约

近三十年了，

议会的头头们

签下这份文件，

他们叫它《1844 年协约》，

把我们和来自天外的

白人绑在一起。

[老年男性退场。]

老年女性　神灵们当然会惩罚阿布娜·巴杜阿，因为她拒绝一个天生的女祭司跳舞！

第一幕

在耶比。

[舞台的下方。傍晚村里有喧哗声，比如说，做晚饭或者烧小米饭的砰砰声，一只山羊的咩咩声，一个妇女喊孩子的声音，等等。阿诺瓦从舞台的右下方进来，头顶着一个空水罐。她走到舞台下方的中央，停下来，向后看，然后面对观众，把水罐翻转了一下，坐在罐子上。她用布裹着身子。观众可以清楚地看到她的乳房的上半部分，她的腿部也可以被看到。她很苗条，个子很小。她转头面对舞台的左下方。在她看脚的时候，科费·阿科从舞台的左下方入场。他身高体宽，是一个很好看的年轻人。村里的喧哗声消失了。

他穿着工作服，拿着一张捕鱼的罗网，一包鱼饵。他悄悄地走到她的面前，对着她大声说"嘿"，她吃了一惊，又马上恢复平静。他们互相看着笑。就在这时，一个女人从左下方过来，拿着

阿诺瓦与幽灵的困境

一个木制托盘，托盘里盛满了农产品——木薯、山药、大蕉、辣椒和西红柿等。一个男人紧跟在她后面，很可能是她的丈夫，他也穿着工作服，肩上扛着一支枪，腋下夹着一把大刀。他们经过阿诺瓦和科费身旁，继续走向舞台的右下方。那个女人走一步回头看一下这个男孩和女孩——他俩还在羞答答地看着对方。最后，那个女人的脚错过一步，撞到了那堆木头上。她摔了一跤，托盘掉到了地上。

阿诺瓦和科费抑制不住地大笑起来。在那个男人的帮助下，那个女人开始收拾地上的东西。把东西放回托盘后，她顶上托盘，离开。随后，那个男人也离开了。这时，阿诺瓦和科费继续大笑，在灯光离开之前，他们又笑了一会儿。

舞台的右上方。巴杜阿和奥沙姆的小屋前的院子里。村里的喧哗声和前一场景里的一模一样。院子中央砌着一个土质火炉，放着一个三脚架饭锅，周围放着一对小凳子。右边墙边，放着一把躺椅，是奥沙姆的专座。他什么时候想坐了，就会坐在这把椅子上。椅子边上有一张小桌子。舞台的下方代表了村子的一条小街的一部分，从那儿可以直接进入院子。背景是舞台的左上方和右上方，连着院子和这个小屋的一些房间。

锅里正煮着饭，巴杜阿不时搅一下锅。炉边有一个容器，每次搅完，她都把长勺放在那儿。

巴杜阿从右上方入场，走到炉边，拿起长勺，搅了一下汤。

她大声地自言自语。〕

巴杜阿　如果她的女儿，在身体成熟后的六年里，没有嫁出去，任何一个妈妈都会焦虑的。如果我不担心这些，该担心什么呢？

〔奥沙姆一边从左上方入场，一边抽着烟。〕

还有，一个女人不是石头，她是一个人，她会成长。

奥沙姆　女人，〔巴杜阿转身看着他。〕并不意味着你就能常常抱怨，把我的耳朵都说破了。〔他看上去很平静。〕

巴杜阿　你说了什么，奥沙姆？

奥沙姆　我说你抱怨得太多了。

〔他坐在专座上，心满意足地感叹着："啊！"〕

巴杜阿　〔严肃地〕你要逼疯我吗？

奥沙姆　那会让你闭嘴吗？

巴杜阿　奥沙姆！〔现在她真的生气了。〕

奥沙姆　在！我的妻子。

[巴杜阿恼怒了，喘着粗气。她开始在院子里来回走，手里还拿着那把长勺。]

巴杜阿 [快速走到奥沙姆面前]对你来说，这就没什么事了——。[拉长了最后一个字]你的孩子不结婚，到处撒野，惹得人人都议论她。

奥沙姆 哪一个惹你头痛，是没结婚呢，还是很狂野？

巴杜阿 哼！

奥沙姆 你知道的，我是一个男人。让女儿结婚不是我的职责。我的职责是让她们出生，哈哈！不是帮她们找丈夫。

巴杜阿 哼！[来回走着]

奥沙姆 真希望祖先的神灵会帮我，但是我能从天堂预订什么样的男人，来满足我女儿阿诺瓦挑剔的眼光？

巴杜阿 哼！[她走去搅汤，这次，她记得把勺子放回原处。她站在炉边，沉思着。]

奥沙姆 至于她的狂野，你想让我再说些什么呢？我总是要求你让她去学做祭司，这样让她安静下来，但是……

[又被唤醒。巴杜阿快速走到他面前，用两个手指塞住耳朵，摇着头，确保他注意到她正在干的事。]

奥沙姆 ［低声地笑］嗯，和我玩小孩子的游戏，我的妻子。有一天，你会为没听我的话而后悔莫及。

巴杜阿 ［把手从耳边放下。］我说过了，我再说一遍，再说一遍，再说一遍！我不想让我唯一的女儿成为跳舞的祭司。

奥沙姆 做祭司有什么不好？

巴杜阿 我没有说她们有什么不好。

奥沙姆 你不是也多次询问她们，为什么你的肚子生不出一个孩子，哪怕让孩子活一天也行？

巴杜阿 ［沉思地］哦，是的。我尊重她们，我敬重她们……我也害怕她们。是的，老公，我害怕她们。但是，我唯一的女儿将来不会是一个女祭司。

奥沙姆 她们有那么多的荣耀和尊严……

巴杜阿 但是，最终，她们不再是人了。她们变得太像她们要阐述的神灵了。［在她列举祭司的特征时，她变得歇斯底里，她惊恐万状。奥沙姆放下他的烟斗，瞪着她，惊讶地张大了嘴。］

她们和神灵商量，

她们了解其他人的心，

她们吞掉狗的眼睛，

在火堆边蹦蹦跳跳，

喝山羊的血，

绵羊的奶，

一点也不退缩，

也不呕吐，

她们不像你我那样，

她们没有羞耻心。

[她放松了一下，奥沙姆也放松了一下。奥沙姆重重
地叹了口气。巴杜阿继续说，她的脸略微离开她的
丈夫和观众。]

巴杜阿　我希望我的孩子

是一个活生生的人，

她嫁给一个男人，

管理一个农场，

开心地看着她

种着的辣椒和洋葱成长。

像她这样的女人

应该生儿育女，

生很多个孩子，

这样才能承受住

一两个小孩死亡带来的打击。

难道她不能在宗族男女参加的会议中

有自己的位置？

当我死后，

坐在我的位置上

等同于军队里的队长的职位，

当时机成熟时，

这些都属于她。

　　　〔奥沙姆低头，喊着：“哦……哦！”〕

巴杜阿　但是一个女祭司太活在她自己和其他人的脑袋里了，我的老公。

奥沙姆　〔又叹了口气〕我的妻子，比你和我更有眼光的人们都看到阿诺瓦不像你和我。闭嘴的先知既不是一个先知，也不是一个人。另外，将来要吃掉的山药，必定会被烧、煮或烤。

巴杜阿　〔她拿起了勺子，但是没有搅那锅汤。她伸出手臂。〕既然你想看诺考姆佛和诺斯佛、先知和舞蹈家……

阿诺瓦　〔从远处〕妈妈！

巴杜阿　是她回来了。

阿诺瓦　爸爸！

奥沙姆　哦，嗯。那我们就不再说她的事。你知道她的性情。

阿诺瓦　妈妈，爸爸……爸爸，妈妈……妈妈……〔奥沙姆跳了起来，很困惑。他和巴杜阿碰上了，因为两人都无意识地走动着，不知道原因，也不知道要去哪里。巴杜阿手里还拿着勺子。〕

巴杜阿　你为什么总在打我？

阿诺瓦　妈妈！

奥沙姆　对不起，我不是有意的。不过，你也要注意脚下。

阿诺瓦　爸爸！

奥沙姆　她在哪里？

〔阿诺瓦从右下方跑进来，带着空空的水罐。〕

巴杜阿　嘿，你为什么这样吓我？水在哪里？

阿诺瓦　哦，妈妈。〔她不再跑，待在舞台的下方。〕

奥沙姆　什么事？

阿诺瓦　〔她的眼神从一个人的脸上转到另一个人的脸上。〕哦，爸爸！

奥沙姆　说出任何你想说的，不要像小孩子那样做。

巴杜阿　从街上就喊我们！

奥沙姆　你要告诉我们什么，不能等你到家再说？

阿诺瓦　哦，爸爸。

巴杜阿　看着她。你明白了吗？该是你知道自己已经长大了
　　的时候了。

阿诺瓦　妈妈……［走近了一两步］

巴杜阿　是什么呀？再说，水在哪里？既然今晚没水煮饭，
　　我肯定我们在睡觉时，要饿着肚子数横梁了。

阿诺瓦　妈妈，爸爸。我遇到我要嫁的人了。

巴杜阿　她在说什么？

阿诺瓦　我说我找到我想嫁的男人了。

奥斯玛　哦？

巴杜阿　哦？

［长时间的停顿。巴杜阿头歪着，瞪着阿诺瓦。］

阿诺瓦　科费·阿科请我嫁他，我说我愿意。

巴杜阿　啊？

奥沙姆　啊？

巴杜阿　啊？

奥沙姆　啊？

巴杜阿　啊？

奥沙姆　哦！

巴杜阿　哦！

［三个人身上的灯光逐渐熄灭，然后马上又亮起。奥沙姆坐在自己的专座上。阿诺瓦来回走着，不说话时，嘴里嚼着嚼棒。巴杜阿坐在炉边，没做什么事。］

阿诺瓦　妈妈，你希望我结婚很长时间了。现在我找到我喜欢的……

巴杜阿　阿诺瓦，闭嘴。闭嘴！把舌头放回你的嘴里，闭上嘴。闭嘴，我从没想过把科费·阿科当作我的女婿。阿诺瓦，为什么是科费·阿科？在耶比的任何一个妈妈中，我就该是那个妈妈，她的孩子想要嫁给这样一个傻瓜，这样一个废物木薯男，这样一个苍白无力的男人中的男人？这个在市场里吹嘘自己是一个嚼着嚼棒的帅小伙……这个……这个……

阿诺瓦　哦，妈妈……

巴杜阿　［安静地］我说阿诺瓦，你为什么不等到那天？我煮饭，你的爸爸在市场，和他的朋友们喝棕榈酒。那时，你可以拿走我手里的勺子，用勺子打我，从你爸爸手里拿走酒，扔到他的脸上。阿诺瓦，为什么不等到这一天，既然你想和故事中的女孩那样做？

阿诺瓦　妈妈，你在说什么？

巴杜阿　而你，科巴那·奥沙姆，你不说些什么吗？

奥沙姆　阿布娜·巴杜阿，不要理我。你知道的，如果我这样做，低声说一切有关于阿诺瓦的事，你和你的兄弟以及舅舅们就会让我直接去管我自己的甥女们的生活。这是你们家的鼓；你敲打起来，我的妻子。

巴杜阿　我没有让你解谜。

奥沙姆　嗯……那你就记住我在吸烟。

巴杜阿　如果你是其他人的爸爸，你就会知道该做什么，不该做什么。

奥沙姆　也许是吧。不过这并不意味着我本可以做任何事。根据你过去说话的方式，我认为如果阿诺瓦来告诉你，她要嫁给卡瓦库·阿那舍，或者是魔鬼本人，你会铺好昂贵的毯子，让她走过。很有可能，你会卖掉一头象。

巴杜阿　难道你不知道这个科费·阿科是个什么样的人？

阿诺瓦　他是什么样的人？

巴杜阿　我的女士，我没问你。〔阿诺瓦陷入忧伤，大声地磨着牙。〕

奥沙姆　我怎么知道他是什么样的？他不是来自索纳之家吗？那不是耶比最好的家族之一吗？他不是有一位祖先，脱光了衣服后，出于难以说出的原因，自杀了或者杀了其他人？

巴杜阿　这个男人如果有什么好的，那就是他的家族有个好名声。那么，他是什么样的人？当他不去灌木丛中打猎时，他和他的妻子难道就吃石头？他至少也要学一门手艺。

奥沙姆　不管怎么说，很久以前，我就说过我不管女儿阿诺瓦的婚姻。难道我没说过？她不会同意嫁给那些来向我们提亲、希望得到我们同意的男人。难道你不知道，她选的男人，很有可能是我们不同意的男人中的一个？

巴杜阿　但是她为什么要做这样一件事？

奥沙姆　我的妻子，你要记住我是一个男人，一个女人的儿子，有着五个姐妹。从很久以前起，我就放弃了了解女人。另外，如果你好好想一想，我不是那个最后决定阿诺瓦嫁谁的人。她的舅舅，你的兄弟在那儿，不是吗？你最好咨询他们。因为我太了解你的家人了：他们会说为了惹他们苦恼，我故意把女儿嫁给一个傻瓜。

阿诺瓦　爸爸，科费·阿科不是一个傻瓜。

奥沙姆　我的女儿，请原谅我。我肯定你很了解他。这只是说话的方式。卡瓦米！卡瓦米！我认为这个男孩就在周边的某个地方。［走向舞台的下方，朝四周看。］

巴杜阿　你让他来这儿，为了什么？

奥沙姆　去叫她的舅舅，你的兄弟。

巴杜阿　我们不能等到晚上或明天？

奥沙姆 为什么我们要等到天亮？

巴杜阿 为了解决这件事。

奥沙姆 什么事？谁说我想解决这件事？如有要解决的事，那也是你和你的家人去解决。这不是人们选择忘记的任何一件事，巴杜阿。当然，我记得有关阿诺瓦舞蹈的那些事。那就只能这样，如果你不去想过去。他们最后不是说，是我阻止了她去做祭司的学徒？

〔他们身上的灯光渐熄，过一会儿又亮起。阿诺瓦穿着两件套的衣服。她快速地从舞台右上方冲进来，又冲出去。她把东西收拾到一个小篮子里。不时地，她停一下，看看母亲，呸着嘴。巴杜阿像之前一样，不停地抱怨着。但是这一次，她还哭着说话。奥沙姆坐在椅子里抽着烟。〕

巴杜阿 对着我呸嘴，我很丢脸。〔安静〕其他女人当然会有更幸福的故事来讲述为人母亲的喜悦。〔安静〕我想我是一个不幸的女人。

阿诺瓦 妈妈，我不知道你怎么了。

巴杜阿 你怎么会知道我怎么了？听着，阿诺瓦，婚姻是一块布……

阿诺瓦 我喜欢我找的，这不关你的事。

巴杜阿 像一块布，随着日日磨损，婚姻的美丽便消失了。

阿诺瓦 我不在意，妈妈。我难道没跟你说过，这是我的婚姻，不是你的？

巴杜阿 我的婚姻！为什么是我的女儿要嫁给那个一无是处的男人，那个种木薯的男人？

阿诺瓦 他是我的，我喜欢他。

巴杜阿 如果你喜欢他，那就真正地喜欢他。他们家族的男人不会是好丈夫的；问一下那些嫁给索纳族的年长一些的女人。

奥沙姆 你知道你说得不对。从一开始，众所周知，索纳族的男人是最好的丈夫。〔巴杜阿瞪着他。〕

阿诺瓦 我不担心这个，妈妈，你也不应该担心。

巴杜阿 由你做主，我的女强人，你知道一切。但是，记住，我的女士——当我老得不能动时，我会坐在墙根，等你衣衫褴褛地回来。

阿诺瓦 你不必等，因为我们不会回到耶比。即使很长时间，妈妈，即使很长时间。

巴杜阿 当然不会，如果我是你，我也不会带着羞愧的心情回来。

阿诺瓦 你会很惊讶，当你知道我就要帮他做一些事。

巴杜阿　哦——哦，我希望自己能变成一只鸟，停在你家的屋顶，看着你帮你的丈夫实现成功。他会把他的祖父给他的棕榈地变成什么？他的舅舅给他的荒地，他会怎么处理？

阿诺瓦　妈妈，请你不要像女巫那样说我们的婚姻。

［奥沙姆跳起来，然后，围着那两人转圈，试图创造和平。］

奥沙姆　嘿，阿诺瓦，你怎么了？你疯了吗？你怎能这样和你妈妈说话？

阿诺瓦　但是，爸爸，妈妈不把我当作她的女儿。

巴杜阿　所以你把我当作女巫？事实上，我希望我是女巫，这样我就能不让你去做傻事，从而保护你。

阿诺瓦　我不需要你的保护，妈妈。

奥沙姆　我的祖辈的神灵！阿诺瓦，什么样的女儿会这样对她的妈妈说话？

阿诺瓦　但是，爸爸，什么样的妈妈会同我的妈妈那样和她女儿说话？现在，妈妈，我要走了。所以带上你的巫术，去海里吃饭吧。

奥沙姆　唉，阿诺瓦？

巴杜阿　谢谢你，我的女儿。[巴杜阿和阿诺瓦就要互相对骂。巴杜阿想打阿诺瓦，但是奥沙姆很快地阻止了。]

奥沙姆　这个家怎么了？告诉我这个家发生了什么。还有你巴杜阿，你怎么了？

巴杜阿　不要管我，奥沙姆。你为什么不和阿诺瓦说话？她是你的女儿，不是我的。

奥沙姆　是的，她不够成熟。

巴杜阿　这一点就让我发笑。谁没有成熟？她不是成熟到猜出我是一个女巫？她不是一个人就选了丈夫？她不是为了婚姻，就要离开我们？

奥沙姆　阿诺瓦，你下定决心要离开了？

阿诺瓦　但是，爸爸，妈妈在赶我走。

巴杜阿　谁在赶你走？

阿诺瓦　是你。在耶比，谁不知道从我告诉你，我要和科费结婚后，你就在我耳边反复地讲这个婚姻丢你的脸了？难道你没说过你的朋友们在取笑你？他们还说，不久，我就会只能穿你的衣服，因为我的丈夫永远不会买给我任何一样东西？爸爸，我要走了。

[她捡起篮子，放在头顶，走向舞台的左下方。]

巴杜阿　好的，走吧。

阿诺瓦　我要走了，妈妈。

奥沙姆　你的丈夫在哪儿？

阿诺瓦　我去找他。

奥沙姆　阿诺瓦，不要！［但是阿诺瓦好像没听到他的话。］阿诺瓦，你不能用这样的方式离开。

巴杜阿　让她走。祝她一路走好。

阿诺瓦　妈妈，我会一帆风顺的，我不会再回来了。

［她从左下方退场。奥沙姆带着鄙视的神情，吐了一口唾沫，然后，长时间地盯着巴杜阿。巴杜阿缓慢地低头，看着她的衣服的褶皱处，然后开始安静地哭泣。逐渐暗场。

那两个明辨是非的智者入场。］

老年女性　嘿，嘿，嘿！今天的孩子要什么？哦，今天的孩子要我们做什么？为人父母终究不是一件容易的事。但是，很显然，实际上，没有一个男人或女人天生就有为人父母的足够力量。

［老年男性入场，走到舞台下方的中间，经过老年女

性身旁。]

听着，听着。孩子们服从长辈的日子不再有了。如果你告诉孩子往前走，他会想当然地往后走。如果你让他往后移动一步，他会向前走上十步。

老年男性　但是，是什么让你的心愤怒地快速跳动？什么干扰了你？我们中的一些人认为磨一把刀的最好方法不是只磨刀的一面。你也不能只从一个角度解一个谜。我们很清楚今天的孩子有多难教。但是，谁生了他们？一个男人睡了一个女人，让她怀孕，就成了一个父亲？怀孕九个月后生下孩子，就让她成了一个母亲？或者她是最好的陶工，熟知陶土的性质，知道如何让陶罐透气。

老年女性　你想说的是好的父母亲不会告诉孩子该做什么和不该做什么？

老年男性　我怎么能这样说一件事呢？

老年女性　如果这就是他们想要的，我们就要躺下来，让孩子们在我们的肚子上蹦跳？［她吐了一口唾沫。］

老年男性　哦，不。没有一个头脑正常的人会说，婴儿们可以自由地做他们喜欢的事。但是阿布娜·巴杜阿本应该知道阿诺瓦想要成为她没经历过的……他们说，从阿诺瓦很小的时候起，她就有令人激动的眼神，有天生适合给神灵跳舞的灵活的双脚。

老年女性　嗯。我们的耳朵都听腻了。谁听到过创世主告诉过阿诺瓦她在这儿，怎样过日子？难道这就是为什么，她在说完"我不喜欢这个，我不喜欢那个"后，她就嫁给科费·阿科离开了？

老年男性　告诉我，这件事有什么错？

老年女性　当然有错。我们中的一些人认为她从天堂预订了一个全新的男人。

老年男性　因为她自己选了丈夫，人们就要生气吗？或者那个男孩有什么错？

老年女性　至于科费·阿科，他们说他梳理头发太勤快，花太多的时间打猎。

老年男性　英雄难道就没有微末之时吗？

老年女性　不要问我。他们说巴杜阿不想让他成为她的女婿。

老年男性　她应该感谢神灵，阿诺瓦终于决定安顿下来。但是，关于他们两个，我们说得太多了。这不是开天辟地以来的第一次，一个男人和一个女人决定在一起，反对银发长辈的意见。

老年女性　多傻的话！有些人胡言乱语，好像他们借了银发而自己头上不长发。巴杜阿本应该告诉她的女儿，那个试着用乳牙咬骨头和石头的婴儿，长大后就没有了吃风干的肉的牙齿。[她吵闹着退场。]

老年男性 我无疑是一个傻老头。不过我认为没有必要这样
做，就好像科费·阿科和阿诺瓦带来了邪恶的混合物。
他们离开耶比，在其他地方谋生，这也许是好的。

[暗场，阿滕特本和其他常见的鼓一起响起来。]

第二幕

在公路上。

[在舞台的下方有一条路。一个漆黑的夜晚，风雨交加，电闪雷鸣。科费·阿科从左下方入场。他提着一大堆猴子皮和其他动物皮。他看上去很累，在雨中，整个人都湿透了。]

科费·阿科　[温柔地，没有转身] 阿诺瓦。[安静] 阿诺瓦，你来了吗？[到处没有回应，然后，疯狂地，] 阿诺瓦，唉，阿诺瓦！

阿诺瓦　[也从左下方入场，拿着一个篮子] 哦，你怎么了？你为什么这么害怕？[科费·阿科转过身看着她。]

科费·阿科　[大口呼吸，放松了一下] 这是个恐怖的夜晚。

阿诺瓦　但是你不必为我而这么害怕。哎呀，科费，你的胸膛起伏，你衣服的褶子出卖了它。[大笑]

科费·阿科 那就这样。［她咯咯地笑得更欢。］我找不到你有什么好笑的……看那闪电，我们要坐在树林里吗？

阿诺瓦 是的。

［他们走到舞台的右上方，待在中央。科费·阿科艰难地放下那包东西再帮阿诺瓦放下她的东西，然后马上坐下来。］

阿诺瓦 嘿，你不应该这样坐在泥地里。

科费·阿科 好像这很重要。坐下来，靠近一点。［他拉阿诺瓦坐下，阿诺瓦颤抖着。］阿诺瓦，看你颤抖得这么厉害。但是我的舌头不如你的。［嘲笑她］"我很强壮……哦……哦……我不重，我个子虽小，但很强壮。"唉，阿诺瓦！

阿诺瓦 但是我很强壮。

科费·阿科 大家都看得到。你知道吗？这样颤抖，衣服都湿透了，你看上去像水坑里的小鸡。

阿诺瓦 那你呢？［开始翻找篮子，好像在找什么。］

科费·阿科 你在和我比？看我多强壮。［他露出胸膛，展开双臂。］

阿诺瓦 ［假装大吃一惊］哈！这也是我们觉得你更让人怕的地方。你身高体宽。你真的看起来很庞大。你有太多的东西。［摸着他的身体的不同的地方。］从你身上任何一个部位都会得到一些……从倒下去的树上的一根树枝……一根裂开了的细树条……哦，我的嘴巴快碰上粪堆了，还有闪电。……但是，我这么小，我能避开这些。

科费·阿科 我不是生来就会死于你说的任何一种方式。

阿诺瓦 哦，经验丰富的祭司，我是怎样难逃一死的，以至于你这样怕我？

科费·阿科 关于这个我一无所知。我知道的是在这种天气里，你待在外面越久，越会生病。我承受不了失去你。

阿诺瓦 你永远不会失去我的。

科费·阿科 谢谢你的金口。

[阿诺瓦从篮子里摸出一块看起来很糟糕的食物。]

阿诺瓦 你饿了吗？这是剩下的食物。哦，它都湿透了。[她咯咯地笑着，把食物递给他。]

科费·阿科 [他抓住那块食物] 它很好吃，你吃什么呢？

阿诺瓦 不用，我不饿。

科费·阿科 也许你已经生病了。[开始吞下这块食物] 嗯，这种生活对女人来说不是很容易。不容易，甚至包括像你这样的女人。太艰难了。离海边还有两百多英里，我想知道我们走了多少……

阿诺瓦 我们靠近阿谭达苏了。这意味着我们只有三十多英里了……

科费·阿科 是吗？你知道我们走了多久了？

阿诺瓦 不知道。我没数日子。我知道的是我们在路上已经花了大约两周了。[和睡意抗争]

科费·阿科 祖先保佑！

阿诺瓦 但是想一想，如果我们不累，再向前走一段，我们明天就可以到了。

科费·阿科 唉，阿诺瓦。你应该生来就是男人。

阿诺瓦 科费。

科费·阿科 嗯……嗯……

阿诺瓦 你为什么不再娶一个女人？[科费·阿科流露出警觉的神情]至少她能帮我们。我也能找到一个好的。[扬起头想着]让我想想，我们要去的村里有一个女孩……哦……她叫什么名字？

科费·阿科 阿诺瓦，请不要继续讲。你知道你惹恼了我。

阿诺瓦 啊，我的先生，但是我不了解你。你是这世上唯一只有一个妻子的男人，并且你发誓只有一个妻子。[安静]也许那是你用的药物的禁忌？

科费·阿科 你在说什么药物？什么禁忌？

阿诺瓦 啊，科费。为什么你的声音这样令人可怕的低呢，而且说得这么快？

科费·阿科 我不了解你说的什么药和禁忌。你不是和那些说我们不要这些东西的人一样的人吗？

阿诺瓦 如果我说过这些，那意味着从现在开始，我不能提到药和禁忌，甚至开玩笑？科费［停顿］……它们对我们有什么用呢？谁对伤害你或我感兴趣？两个孤独的人，尽量试着做些事，只是因为他们的大肠不如头脑聪明；就像那些幼小的孤儿，即使他们的妈妈的尸体冰冷，他们也会为食物而尖叫……

科费·阿科 阿诺瓦，恨你的男人不会在意，你是否在阳光下等着晒干衣服，然后去参加跳舞？

阿诺瓦 但是谁恨我们？

科费·阿科 我的妻子，你说话的方式，好像我们离开耶比时，人们唱着歌跳着舞来赞美我们。在你妈妈的带领下，不是每个人都对我们说了一些不厚道的话？阿诺瓦，我们不是离家去捡蘑菇或者捕鱼。

阿诺瓦 听到了，我的丈夫。但是我不想我们困于医药或者任何这样的事。

科费·阿科 我也听到了，我的妻子。同时，我在吃所有这些食物……

阿诺瓦 尽量吃。我感觉到似乎难以承受任何味道。

科费·阿科　［把手放在她的前额上］阿诺瓦，千万不要生病。

阿诺瓦　我妈妈常常告诉我，除了正常地发牢骚和发烧，我的身体都不知道真正的病。

科费·阿科　哦，我的妻子。你似乎不只是在一件事上很特殊。阿诺瓦……

阿诺瓦　什么？

科费·阿科　我们的确需要东西来保护我们。即使现在，没有人不喜欢我们到要损害我们的地步。在我们成功后，会怎样？那样，我们不就有很多敌人了吗？

阿诺瓦　［尽量说话轻柔］但是，我的丈夫，为什么我们要认为生病就是病倒在床上，这样的病痛可能发生在我们的晚年？科费，我不喜欢用药这个想法。

科费·阿科　但是生活中，我们要做许多我们不喜欢的事——甚至恨的事……何况现在是我们只需要喝一两滴药。

阿诺瓦　但是一个神庙必须得到敬仰，不管它有多小。一个善良的神灵生起气来会比一个未知的刻薄的神灵邪恶上千倍。有一点食物可吃，背上有衣服可遮盖，能否接触到神灵不是重要的事。

科费·阿科　也许你足够自信，认为自己会处理好生活中所有的问题。我认为我是不一样的，我的妻子。

[阿诺瓦有一段时间安静地低着头，这时，她吃着
食物。]

阿诺瓦　科费，你说得不厚道。你知道我因为没有怀上孩子
的迹象，已经感到焦虑了。

科费·阿科　很显然，我们两人都不知道这些事。[停顿]现
在担心这些，也许太早了。我们可以咨询更成熟的人，
但是我知道你不会喜欢做此类事的。

阿诺瓦　[大声地]听听他说了什么！这是同一件事吗？问一
个年长的人，关于她的子宫，关于炮制锅里的药和药水，
它们会带来好运和辟邪。

科费·阿科　我凭一切发誓这是一样的。阿诺瓦，这样的夜
晚太吓人了，以至于不能尖叫着冲进树林。

阿诺瓦　千真万确。

[更多闪电和雷声。阿诺瓦开始睡眼蒙眬，她低着
头。吃完后，科费把食物包装纸扔到身后的树林里。
那时，他注意到阿诺瓦频频低头。]

科费·阿科　阿诺瓦，你很累了。[跳起来]让我准备一个地

方给你睡觉。

[然后，他从右上方退场。阿诺瓦继续低着头。这时，暴雨依旧猛烈。]

阿诺瓦　[被一阵雷声惊醒] 我担心的是这些事。[她摸了一下篮子，开始碰一下那些皮毛。] 看看，这些皮毛都湿透了。明天，它们会比一层层岩石还要重。如果天气一直这样，它们都会烂的。造物主，[她抬起头] 做你想做的，但是请你明天天晴，这样我们可以晒干这些皮毛。我们必须在下一个村子，停下来，晒干它们。是的，如果太阳出来，我们必须停下来。

科费·阿科　[带着两张大蕉或香蕉叶子入场，在舞台下方的中央，铺开它们，当作床垫。] 做什么呢?

阿诺瓦　晒干这些皮毛。它们太湿了。

[科费·阿科专注地铺床。阿诺瓦又开始频频地低头。]

科费·阿科　唉?[他转身看着她。]

阿诺瓦　[喃喃自语] 暴风雨破坏了整个庄稼地，每一根茎都垂下了。

科费·阿科 ［急急地走过来，扶起她，抱到怀里］清醒些，阿诺瓦，你在做梦。到这里来睡觉。［抱着她到那叶子床上］好了，阿诺瓦，好好地睡。好好地睡，让所有庄稼的茎都向下垂。我们不会回来看这场灾难。［在舞台下方来回走着。］有时，我不理解。无论我们去哪里，人们起先都把你当作我的妹妹。他们说他们没听说过，还有一个妻子这样帮她的丈夫的。"你的妻子很棒！"他们说，"因为能这样为你干活的女人，唯有你的姐妹。"他们还说不管手背舔起来有多好，它永远也不能代替手掌心。［停顿］如果他们知道我开始想的事，他们就不会说那么多。谚语也不会都是真实的现实。［他的脸色表明他有了新的决心。］阿诺瓦的确有一些有影响力的想法。但是我知道她会安顿下来。［对着睡着的女人说］阿诺瓦，我会是新丈夫，你会成为新妻子。

［现在，暴风雨更猛烈了，雷声隆隆，闪电更频繁地闪着。他在一段时间里，盯着她，然后灯光开始变暗，他在她边上舒展开高大的个子。暗场。停顿。

当灯光再亮时，同样的场景，但没有叶子铺成的床。阳光灿烂，阿诺瓦拿出篮子里的皮毛，正在晒。这时，科费站着看。

然后，阿诺瓦仔细地摸了摸鼻子。两个人大笑起来。他靠过来帮她。]

科费·阿科　我们的鼻子当然受到了磨难。

阿诺瓦　那么，我们能做什么？没有它们，我们以何为生？

科费·阿科　事实上，无处安身。

阿诺瓦　[仔细看了看篮子中的一张皮，并捡起它。]它们中的两张皮太烂了，没什么用。[她甩掉了脸上的汗，然后打一个哈欠。]

科费·阿科　离开太阳照到的地方。[他从她那儿拿到篮子，把它放在另一旁。]来，我们坐在阴凉处。[他们走到舞台下方的一端坐下。]

阿诺瓦　[大声呼气]你的医生朋友告诉过你，我怎么了吗？

科费·阿科　是的。

阿诺瓦　他说了什么？

科费·阿科　我本应该问他一下，我能否让你知道。

阿诺瓦　哦，我想你能告诉我。因为如果他认为我不该知道，他不会忘了警告你的。

科费·阿科　[安静地，皱了一下眉]他说你没什么毛病。

阿诺瓦　那是为什么？

科费·阿科　让我讲完。他说你的子宫没问题。但是你的心灵太活跃。你好像总是在找东西；这个阻止了你的血液的安顿。

阿诺瓦　哦！

科费·阿科　阿诺瓦，你不开心。是我惹你不开心？

阿诺瓦　[惊讶地] 不是。

科费·阿科　也许是这份工作对你太重了。

阿诺瓦　不是的。我总是像这样的。

科费·阿科　[吃惊地] 像什么？

阿诺瓦　我不知道。我无法形容它。

科费·阿科　也许你应该停下来，不在路上走。

阿诺瓦　[吃惊地] 不要。为什么？

科费·阿科　为什么不呢？

阿诺瓦　我喜欢这个工作。我喜欢在路上走。

科费·阿科　我的妻子，你有时说的话很奇怪。在这些路上走，我并不觉得有多么开心。我们经常碰到暴风雨？野生动物？或者坏人？

阿诺瓦　在村子或者城镇，有着更糟糕的事。

科费·阿科　听听她！有些事告诉我。[他站起来] 待在家里，可能会更好。事实上，我正在想也许我应该……嗯……

阿诺瓦　我的丈夫，我在听着呢!

科费·阿科　你还记得，你跟我说过，再娶一个妻子来帮我们?

阿诺瓦　是的。

科费·阿科　嗯，我不想再娶。不是现在。但是我想……我想……也许……

阿诺瓦　唉!

科费·阿科　我想该是找一两个男人来帮我们的时候了。

阿诺瓦　什么样的男人?

科费·阿科　我听说他们不贵……如果……

阿诺瓦　[缓慢地站起来，她的一举一动应和着接下来的台词的音节和内容。]我的丈夫!我听到的是真的吗?我们的社会地位已经升到这样高了?[塞住耳朵]科费·阿科，不要让我再听到这些话。

科费·阿科　[模仿她]"不要让我再听到这些话"，阿诺瓦，你以为我是你的儿子?

阿诺瓦　我不在意。我们不要买男人。

科费·阿科　阿诺瓦，听着。你不能总是用你的方式做事。你是谁?总是告诉我必须做这个，不做那个。

阿诺瓦　科费，我不是告诉你必须做什么或者不做什么……当我们离开耶比的时候，我们是两个人。至此，我们这两年一直在一起，我们可能说我们还不是这个世界上最富有的人，但是我们当然不再挨饿。

科费·阿科 那么，这样？

阿诺瓦 唉，没有必要这样行动，好像我们比现在更富有？

科费·阿科 你想说什么？我买这些男人不是来抬我的。他们是来帮我们工作的。

阿诺瓦 我们不需要他们。

科费·阿科 如果你不需要，那么我需要。另外，你只要像女人那样说话。

阿诺瓦 那么，请问，一个女人是怎样说话的？我有和你一样的利嘴，讨论这份生计，而且，也有一样的头脑。

科费·阿科 现在，我感到累了。"你不应该咨询一个祭司……你要再娶一个……我们不需要医药……"阿诺瓦，听着。不管你喜欢或不喜欢，我都要做一些事。我甚至不明白，关于此类事，为什么你要这样吵闹？买一两个人来帮我们，有什么错呢？他们很便宜……［停顿。阿诺瓦焦虑不安地四处走动。科费·阿科继续用那奇怪的声音大声说着］每个人都这样做……难道大家都不应该这样做吗？对我们来说，所有的事情会更容易的。我们不应该孤独做事……现在，你决定不说了，啊？阿诺瓦，谁告诉你买男人是错的。你知道吗？我喜欢你和你与众不同的做事方式。但是，阿诺瓦，有时候，你太与众不同了。[阿诺瓦离开他。] 我知道没有你我不会做这份工作，但是毕竟大家都知道，你是一个女人而我是男子汉。

阿诺瓦　那么，告诉我，什么时候我和你一起讨论这个问题？有奴隶在身旁，我感到不开心……科费，没有人把朋友当作奴隶，他自己还会有很大成就的。这是错的。这是邪恶的。

科费·阿科　[显得很惊讶] 嘿，你从哪里得知这些想法的？谁告诉你这些的？

阿诺瓦　难道没有一些事是人们自己就能想到的吗？

科费·阿科　是的，现在，你在说我是一个傻瓜吗？

阿诺瓦　[崩溃了] 哦！我祖先的神灵！

科费·阿科　你祖先的神灵会为你做什么？我知道你认为你是我们两个人中明智的那个。

阿诺瓦　科费，你这样说，就是让我拿刀割自己的喉咙？

科费·阿科　我说谎了吗？

阿诺瓦　什么时候，什么地方，我做了什么让你有这个想法？

科费·阿科　这就是你一直以来行动的方式。

阿诺瓦　[她的声音变成假声] 科费！科费！[他坐在她边上。] 嗯，科费，我们不应该争吵。

科费·阿科 是的，我们不应该。

[照在他们身上的光暗淡下去，一会儿后，又亮起，在舞台的上方。这儿是巴杜阿和奥沙姆的院子。正是傍晚。村里有噪声。奥沙姆和巴杜阿正在吃晚饭。奥沙姆坐在专座上，他的前面放着食物。他吞吃了一口。巴杜阿把食物放在大腿上，但没吃。不久，她把食物放下，站起来。她向左转，又向右转。她开始没有目的地四处走，同时说着话。]

巴杜阿 我从没听说过这样的事。一个人，还是一个女人，喜欢待在别人的土地上，成为一个陌生人？

奥沙姆 [抬头] 坐下来，坐下来。坐下来，吃你的饭。[面带愧色，巴杜阿坐下了] 嗯，我告诉你。你的这个孩子……嗯……她从来就没有小孩应该有的生活方式。

巴杜阿 [转过身面对他] 孩子怎样才像一个孩子？

奥沙姆 唉，你在问我？我原以为你早就知道这些事。唉，纳纳，我求你了。也许这些事没说好。[停顿] 但是我必须说它就发生在我们面前。不是吗？她走出了家门，多久的事了？

巴杜阿 唉！

奥沙姆　……自那以后，她一次也没回来。我总是有点害怕她。

巴杜阿　[大吃一惊]你一直害怕她？这样说你自己生的孩子，是一件好事吗？如果你害怕她，那么其他人呢？如果其他人也怕她，既然一只螃蟹不会生出一只鸟来，那在他们眼里，你是谁？毕竟，看她做的事，她只是和她丈夫一起离开，从此，没有回来。

奥沙姆　那么，你会同意我的，这个很奇怪。[猜到他想喝汤，她起身找他的碗。]

巴杜阿　是的，很奇怪。但是这不会让我说，我怕她。

[她拿着碗走到炉子边，盛好后递给他。]

奥沙姆　但是，不是还有其他的女人离家嫁人了吗？她们永远离开了吗？她们难道没有带着孩子回老家参加葬礼，付清葬礼费用，回来照料家族的长老吗？巴杜阿，听着，如果她们不做这些，那么家是干什么的呢？因为没人在家，难道家族不会解散？像阿诺瓦这样的女人的孩子，以及孩子的孩子，永远找不到回家的路。他们迷失了。因为他们通常不知道家族的创始人的名字……不知道。如果你问他们家族的那些人名，他们不知道该告诉你什么。

巴杜阿　阿诺瓦还没有孩子。

奥沙姆　我早就这样说过，这件事不是太奇怪了吗？她没有孩子。在你的家族，不会生养并不是常见的事，是吗？

巴杜阿　是的。他们在这儿说了很久，她和她的丈夫卖掉了生育的种子来获取财富。

奥沙姆　当然，女人喜欢说三道四。事实上，她们随便开口说，说出来的绝大多数是真正的男人不会认真对待的。不过，有些事告诉我，这一次她给了她们说三道四的理由。

巴杜阿　哦！奥沙姆！〔她坐回自己的椅子，把碗又搁在膝盖上。〕

奥沙姆　我做了什么？我在说他们不对。但是，很显然，她和她的丈夫太忙于赚钱，而没有时间找出问题并治愈她的子宫。

巴杜阿　也许我该去找她。

奥沙姆　去找她？怎样找？去哪里找？不管怎么说，谁告诉你她迷失了？

巴杜阿　但是她是我的孩子。

奥沙姆　这又怎样？你以为阿诺瓦会因此原谅你吗？请你，让她过自己的生活！

巴杜阿　为什么一说到阿诺瓦，你就反对我？

奥沙姆　你也一样反对我。难道我没有告诉你……

巴杜阿　让她成为一个女祭司……让她成为一个女祭司……
　　　　总是这样说。为什么？为什么大家都要我把唯一的女儿
　　　　变成跳祭司舞蹈的人呢？既然你这样想看到自己的女儿
　　　　成为祭司，为什么不让你的姐妹的女儿学做祭司？

奥沙姆　[很愤怒地]不要冲着我大喊大叫，女人！是谁在我
　　　　面前不断抱怨阿诺瓦的？……他们说原本那样对我们都
　　　　好。但是，现在她就在那里，如同他们说的，她可能在
　　　　徘徊……她的心彷徨在生活的边缘，总是在寻找一些东
　　　　西……我不知道的东西！

巴杜阿　[安静地]我不知道你说这些的意义。谁不在人生中
　　　　寻寻觅觅？

奥沙姆　我知道你早就下定决心不去理解我。

巴杜阿　[痛苦地]另外，我听说，我们的女儿过得很好。是
　　　　的，有些人的心在徘徊，我们的女儿过得很好。从风吹
　　　　来的消息里，你听说过他们和白人的事业正在成长，以
　　　　及，他们买了女人和男人？

奥沙姆　是的。也听说她面对那些奴隶感到很不开心，他们
　　　　从早到晚地吵架。

巴杜阿　这样呀！我不知道她还是一个傻瓜。她以为只要倔

强就够了［冷冷地笑了］。在那天中午离家之前，她本应
该等我向她解释怎样嫁给一个男人……

奥沙姆 嗯。

巴杜阿 一个好女人不是有头脑或者牙尖嘴利就行的。

奥沙姆 嗯。［他咳嗽了。］

巴杜阿 如果他们的奴隶有不好的地方，为什么不卖掉他们？

奥沙姆 这个不是问题。他们说她就是不喜欢买卖男男女女。

巴杜阿 多么傻。像她这样的人不满意廉价的生活，他们想
要更廉价的生活。这块土地上哪一个女人不想站在她的
位置上？

奥沙姆 阿诺瓦不是那些女人。

巴杜阿 切！她认为自己是谁？一个女神？我来吃饭。［她坐
下来，把食物放回大腿上。］

奥沙姆 我能再喝些汤吗？

巴杜阿 好的。［随着她的起身，灯光在院子里熄灭。］

［八个男人从舞台的右下方入场，他们排成一队，手
里拿着皮毛，安静地走过来，穿过舞台的中央，到
舞台的左下方退场。科费·阿科紧跟在他们后面，
但是在舞台下方的中央，停下来。他穿得比以前好。
他拿着很轻的包裹。从舞台的外面起，阿诺瓦就在
喊"科费""科费"。他停下来，她从同个方向入场，

穿着和上个场景一样的衣服，虽然时光已经流逝了好几年。她还是赤脚。她没拿什么，除了一根棍子，她边说边玩。]

科费·阿科 出了什么事？

阿诺瓦 我只是想让你等我一下。

科费·阿科 阿诺瓦，你在拿着比我拿的包裹还要重时，就比我走得快。

阿诺瓦 嗯，你拿掉了我头顶的包裹。但是不要抱怨我的步子，我跟不上你。这些天你总是和你的奴隶在一起。

科费·阿科 ［笑了］是为了这个？你知道什么呢？让我们坐下来。［他们走到前面那个场景的地方。然后，他似乎想起了什么。往左边多走了几步，喊道］儿子！

男孩 ［跑进来］爸爸！

科费·阿科 告诉其他人，都坐下来，休息一会儿。

男孩 是我们的妈妈来给我们分食物了吗？

科费·阿科 你们可以自己分享食物，不是吗？

男孩 可以的。爸爸。

科费·阿科 那么，去告诉亚卡，让他给你们分食物。

男孩 ［离开］好的，爸爸！

科费·阿科 ［走过去坐在阿诺瓦的边上］我觉得下次我们不和他们一起来了。亚卡很好，很诚实，他会处理好一切的。

阿诺瓦 ［安静地］是这样吗？

科费·阿科 我觉得是这样的。

阿诺瓦 ［安静地］好的。

科费·阿科 你为什么说这些话时这样伤心？

阿诺瓦 我伤心地说话了吗？也许我是伤心的。怎么能不伤
心呢？如果我停止工作，我会觉得不开心。

科费·阿科 但是为什么呢，阿诺瓦？

阿诺瓦 造物主创造的人不会停止工作……是的，他们只有
生病或者遭受厄运时，才会不工作。那时他们已经因为
身体衰弱而变得无能为力。

科费·阿科 阿诺瓦，农夫从田里回到家……

阿诺瓦 ［站起来，开始走到科费·阿科的面前］还有渔夫带
着他的船和渔网回到岸边……

科费·阿科 既然你知道这些，那么为什么还……？

阿诺瓦 他们在早晨回来。

科费·阿科 但是，我们已经完成了所有需要我们做的事。

阿诺瓦 科费，一个人只有在掉脑袋后，才停止戴帽子。

科费·阿科 ［暴躁地］阿诺瓦，难道一个人脖子累了就不能
休息吗？

阿诺瓦 我们过段时间，还回来吗？

科费·阿科　不来了。

阿诺瓦　我们要做什么呢?

科费·阿科　不做什么。我们就休息。

阿诺瓦　一个人怎么能一直休息呢? 我做不到。

科费·阿科　我做得到。

阿诺瓦　随着每天的到来,我不知道怎样跟自己打交道。

科费·阿科　你将要看顾房子。

阿诺瓦　不会的。我要你再娶一个妻子,她来做这些。

科费·阿科　你做不到让我娶任何一个女人的。我不会给你
　　这份差事。

阿诺瓦　考虑一下,我能不能。这些丰满的混血女人中的一
　　个。她们皮肤光滑得像乳木果油,美好得像山药上涂抹
　　的新鲜棕榈油。

科费·阿科　［跳了起来,极其愤怒］阿诺瓦,不要说了。

阿诺瓦　不要说什么?

科费·阿科　你正在说的!

阿诺瓦　我正在说什么?［停顿］唉,先生,让你的心在你的
　　胸膛里平静地待着。

科费·阿科　我不是说过几次,不要和我谈再娶一个其他
　　女子?

阿诺瓦　嗯,我很冷静。［停顿］

科费·阿科 ［冷静下来］如果我再娶，那你会怎样？

阿诺瓦 都是听说过的事。问一下你的朋友，除了她们自己，她们的丈夫又娶了一个、两个，或者更多其他女人，那些女人怎样了？

科费·阿科 那么你想要的是做我的大房？

阿诺瓦 是的，或者成为你的朋友，或者成为你的姐妹。我们不是有足够的回忆谈论我们工作的日子，直到我们厌倦了它们，厌倦了彼此，这时，我们坐下来，等着我们日渐老去。

科费·阿科 你的情绪不好。［他伸出左手臂，专心地看着它。］

阿诺瓦 ［咯咯地笑］什么情绪？你总是很逗。我的情绪一点也不坏。只是当我想到将来时，我看不到自己在哪儿。

科费·阿科 这是因为你没孩子。有孩子的女人总会看到将来的自己。

阿诺瓦 嗯……孩子。有孩子多好呀。但是，看起来我不够女人。这是你应该再娶一个妻子的另外一个理由。这样，她可以生下你的孩子。［停顿］嗯，我只是一个过路人，不属于这里，也不属于那里。

科费·阿科 什么？你在说什么？过路人，你是……？但是你不是说……关于奴隶……和你……？但是，一个过路人，也属于其他人的。

阿诺瓦 哦，不是的，不会总是这样的。一个人可以属于自己，而不是一个地方。你的人和我有什么差别？除了他们是男人，我是女人？没有一个人有所属。

科费·阿科 你是一个奇怪的女人，阿诺瓦。太奇怪了。你从不透露出你对祭司们说的话感兴趣。但是你又没有错，他们都说着同样的话。阿诺瓦，什么让你坐立不安？什么占据了你？

阿诺瓦 没有什么。什么也没有。

科费·阿科 ［离开她］阿诺瓦，这件事是不是真的，你本应该是一个女祭司？

阿诺瓦 哦，真的吗？但是我怎么知道。你从哪里听说的？［看上去真的迷失了。］

科费·阿科 那么，不要想那个。没关系。你身上还是有太多的不安，这让人害怕。我想，也许你太寂寞了，周围都是男人。［停顿］我决定买一两个女人，不会很多。就一两个，这样你有同性的陪伴。

阿诺瓦 ［几乎歇斯底里地］不要，不要，不要！我不要她们。我不需要她们。

科费·阿科 但是，为什么不需要？

阿诺瓦 不需要！我就是不需要她们。［长时间的停顿］人会变得很不厚道的。一个过路人就是一个旅行者。因此，叫某个人为过路人，就是用一种轻松的方式说他无所属。那个就是，他没有房子，没有家庭，没有村子，没有自己的凳子，没有可庆祝的日子，没有假日，没有国家，没有领土。

科费·阿科 ［暴怒地跳了起来］闭嘴，女人，闭嘴！

阿诺瓦 为什么，我做错了什么？

科费·阿科 你在问我？是的，你有什么错？如果你想走并被一个神灵拥有，那么，我求你去。这样我至少知道一个神灵用你的口吻说话……［阿诺瓦睁大了眼，很惊讶］我说，阿诺瓦，你为什么总要说……

阿诺瓦 什么？

科费·阿科 关于奴隶，以及所有这些不愉快的事？

阿诺瓦 这些都是我们生活的一部分。

科费·阿科 ［摇了摇头］但是，因为这些，你就有必要里里外外地折磨自己？［带着强烈的情绪］你为什么是这样的？和男人之间的联系又有什么邪恶？也许，［变得开朗］也许在其他地方是可以的。在那些不够友善的人们中间。某些更刻薄的种族，他们被其他人不好地对待，甚至比狗都不如。但是，这儿，你看过四周吗？是的，那些过路人属于他们所在的地方。自由地和生来自由的外甥和外甥女交往，吃同一碗饭，也喝一样的水。讲起话来，那些有头脑的比那些愚蠢的贵族，更能得到别人的倾听。他们在军队里奋斗。在那儿，那些勇敢的久经考验的人会和其他人一样很快地当上上尉。有多少我们知道的过路人，只要有贡献，就可以成为家族的族长。

阿诺瓦 但是，这些事，只是在生来就没有自由的人中间，才变得重要。即便他们和我们交情不错，但和其他人就不是这么回事了。而且，甚至在这儿，谁知道门后发生了什么奇怪的事？

科费·阿科 ［难以形容的愤怒，他抓住她，摇晃着］阿诺瓦，阿诺瓦，除了这里，你还在其他什么地方？为什么你不能根据你知道的、你看到的来生活？虚构那些和你无关的痛苦，你得到什么了？就这样，你有了噩梦？

阿诺瓦 ［依然很平静，瞪着他］看起来，他们就是这样创造了我。

科费·阿科 ［松了手］嗯，多么伤心……然而，如果我打你两耳光，像闪电穿过你的脸，这些愚蠢的想法就会离开你的头脑，那该多好。［自言自语］我怎么了？我甚至不想再娶其他任何女人，哦，想透这些是很难的。所有这些奇怪的话！［阿诺瓦继续瞪着他。］阿诺瓦，有什么不同？你怎么会不像其他人那样想呢？这种奇怪是什么意思？在灵界你是谁？［忧郁地笑了起来］我过去非常喜欢你。我希望我能消除你所有的不适，这样，我给你平和，也给自己一些平和。［阿诺瓦依然只是瞪着他。］这是一种病，阿诺瓦。这种病憎恨所有阳光下的好东西。你无耻地重新提起人生的肮脏。你揭开了我们的伤口。你太喜欢寻找我们平常的痛和我们通常的错。

［阿诺瓦看起来很伤心。她重重地叹了口气，然后似乎惭愧地低下头。他低头看着她。］

科费·阿科　阿诺瓦，你是女人中的一个且是唯一的，我的宝贝。除了你，所有其他人都是苍白的和无影无踪的。我不想也不希望另娶他人，虽然，大家都知道我娶得起十几个女人。但是，请你清醒些。享受我们巨大的财富。为了增加你天生的美丽，穿上精工细做的衣服，戴上最好的宝石，开心地过每一天吧，无数女人会牺牲生命来享受一天这样的日子。成为我的妻子，也许我们就会有自己的孩子。成为我的美丽妻子，阿诺瓦，成为我的孩子们满意的妈妈。

［阿诺瓦的答复是刺耳的大笑声，甚至在灯光熄灭后，她还在笑着。

过了一会儿，灯光亮了。 明辨是非的智者入场。首先，进来的是那个老年男性。他走到舞台下方的中央，有一小会儿，他静静地站着，头低着。然后，他抬起头，开始说话。]

老年男性　我的乡亲们，你们知道科费·阿科和阿诺瓦在干什么吗？他们说他买男人和女人，好像买岸边的那一小撮沙子一样。唉，阿诺瓦和科费。当他们离开耶比时，是一对没人要的陌生人，现在的他们还是一样吗？但是，和平创造了健忘，赚钱就像一个神灵抓住一个祭司。他永不离开你，直到占有了你，完全改变你的存在秩序，把你烤得里里外外都焦了。最终，只有他离开你，而你只能像条陈旧的沉船，趴着，想搞清楚自己是谁，除此之外，无事可做。[老年女性入场]另外，总有一些事是令人不快的，把其他人当作奴隶，这是违背了人类的自然本性和崇拜神灵的纯洁性。观察到这些的人说，每一座拥有奴隶的房子都会被毁坏。

你坐下时，

他们在成长，

在你知道，

你在哪儿前，

他们就在那儿，

而你不在。

阿布拉的一两所房子已经显示这些；

到处

都有金银，

而且你不知道他们的土地的边界，

但是要坐到这些财富上的人

在哪里？

是的，

这令人恐惧，

但是突然

女婴死去，

新生儿母亲的乳房

干瘪了。

[老年女性试图插话，墩着拐棍，咳嗽着。]

老年女性　她是一个女巫，

她是一个魔鬼，

她是任何一个邪恶的东西。

老年男性　[抬头，感到有趣] 谁？

老年女性　还有谁？除了那个阿布娜·巴杜阿的孩子。

老年男性　她现在又做了什么？

老年女性　你没听说过吗？［她比以前更兴奋。在剩下的场景里，她充分展示自己，蹦蹦跳跳，提起拐棍指向天空，咳嗽，等等。］她以为这个世界以前没见过像她这样的人。［带着假装的关注神色］我想知道一个女人吃了什么才会生出像阿诺瓦这样的孩子来。我肯定，这样的孩子不会是正常自然地生下来的。

老年男性　［带着逗乐了的轻视神色］但是什么？

老年女性　啊！他们来自癌细胞的增殖，在邪恶的梦里，这些肿瘤成长起来。是的，那些硬硬的露出骨头的东西，普通女人的柔软的器官太弱小以至于消化不了。

老年男性　你不觉得自己在太少的事上看到了太多的东西？

老年女性　你在说什么？我错了？她是什么样的女人，认为自己在所有的事情上都比她丈夫懂更多？

老年男性　一个好丈夫会听取妻子的建议，一家之主、一个部落酋长、一个国王等，任何一个贵族都需要一个建议者。

老年女性　但是阿诺瓦做得太过分。现在，她反对自己从很多人中选中的老公。她宁愿他很穷，而不是很富有。他们说她每时每刻都在胡说我们尊敬的祖先，高调批判他们做的事。她认为我们的祖先要等到她出生，这样她就可以责骂他们，告诉男人做什么样的事是有道德的。

老年男性　我不知道我能否相信你说的所有关于这个可怜小
孩的事。但是，当然，这样想并没什么，老天可能告诉
后来的孩子一些事，被以前的那些人藏起来了的事。

[听到这个，老年女性大吃一惊，以至于张大了嘴，
看向老年男性，这时，老年男性缓慢地离开。]

老年女性　[重重地叹了口气，闭上嘴]但是，耶比人很开心，
因为科费·阿科发财了，

而他是你的儿子。

索纳家族的女人的儿子，

他们说他的财富可以盛装打扮五十个新娘，

不费吹灰之力，

还能再盛装打扮五十个。

哪里，何时发生过这些?

除了在寓言中和古代模糊的日子里。

他们说科费坐着很胖，就像沼泽地里的牛蛙，

然而阿诺瓦日渐消瘦，

她的双眼从脑袋里突出，

就像焦干草地里的一只饥饿的癞蛤蟆。

但是，她是

那个不准踏上此地任何一个门口的人！

当这个小婴儿出生时，

她会教我们怎么做。

她是谁，给我们带来生活的新规则？

她说，她不再回耶比，这是对的，

但是，如果她跨过就在路口的小河，

我们应该向她指出，

在饿的时候，

小婴儿只会哭着要吃的，

但是不会教他们的长辈，管理一个农场；

另外，

最馊的山药

好过最甜的番石榴，

最笨的男人

总是比女人好。

或者他认为他就是！

科费就该这样教阿诺瓦，

他是一个男人！

[老年女性边咳嗽边呼哧呼哧喘气，退场。]

066

第三幕

在奥古阿的大房子里。

[舞台的上方是一个很大的中央大厅。这里的家具要么具有异域风情，要么非常豪华。昂贵的地毯上摆着漂亮的皮毛。其他物品包括一个巨大的餐具柜，上面放着很多很大的雕花玻璃酒瓶，有些有酒，有些没有；还有很多装饰性的大盘子。墙的中央是一个壁炉，壁炉上方挂着一幅维多利亚女王的肖像画，画中的女王表情严肃。女王画像的左边是科费·阿科自己的肖像画，右边是一幅很大的画像，画着乌鸦——索纳家族的图腾鸟。房间的中央摆着一把镀金的椅子，椅子垫看上去很昂贵，在它的前部有一张豹子皮。舞台的下方展示着一条路，通常情况下，这条路连接了这所房子和城镇以及更远的地方。

灯光在舞台上方和下方闪耀着。一阵喧哗声起先有点远，然后越来越近，一直到舞台的右下方。先是一群女人，四个人以上，从右方进来，忘情地各自跳着舞蹈。同时，她们还唱着歌，更确切地说，是朗诵着。]

他来了！

纳纳来了

他来了，

地球的主人来了。

让步，

哦——让步！

因为你们在周围看到的主人来了，

转过脸，忌妒者！

闭上眼，忌妒者！

因为他来了，

纳纳来了。

[她们经过舞台，从左下方离开了。在她们后面，一个孤独的男人进来，吹着科费·阿科的牛角，节奏和下面两行台词相吻合。]

转过脸，忌妒者！

闭上眼，忌妒者！

[吹牛角者在舞台上停下来。这时，很多人从同样的方向进来，又从左下方退场。这些男男女女，拿着原材料、皮毛、干椰子肉、天然橡胶和小桶棕榈油。

科费·阿科控制了物品流通的最后环节，这让他可能成了几内亚海岸最富有的人。其他男人和女人拿着廉价的丝绸、马德拉斯布、火枪、飓风灯、小刀和搪瓷器皿。

科费·阿科入场，坐在由四个健壮的男人抬着的一张类似椅子、筐子或轿车的轿子上。他光芒四射，穿着肯特布，或者天鹅绒布，从头上的皇冠到脚上的戒指，都是金首饰，浑身金光闪闪。他的周围，是欢呼着的女人，还有牛角和鼓参与其中的音乐会。在经过时，他表现得像一个贵族。游行队伍从左下方离开了，那个吹牛角的人最后离开。

静下来了，这时，阿诺瓦从左上方入场，坐在中央大厅一边的椅子上。她穿着旧衣服，看上去既苍老又凄凉。她依然没穿鞋。她安静地坐了一会儿，似乎在等人，然后，她站起来，开始来来回回地踱步，自言自语。]

阿诺瓦 ［在她说话时，她做出了孩子气的举动，尤其是手势，来表达每句话的内在意义。］我记得有一次，我想，那时很年轻。当然很年幼。或许是八岁、十岁，也许是十二岁。我的外祖母告诉我她的旅行。她讲到了她到过的美丽的地方，看到的精彩的事物。那比任何一条河都大的大海。那个没有加热就沸腾的海。那些高达天际的大楼，那些房子的地基都大过我看到过的最宽的路。它们有着比我知道的所有房间还要多的房间。关于这些房子，我问娜娜，谁造的这些房子？

她说：

你为什么想知道？

浅肤色种人。

这些浅肤色的人们是谁？

我问。

你问太多的问题了。

他们是白人。

白人是谁？

我问。

像你这样的孩子不应该问问题。

他们来自很远的地方。

远离天际。

娜娜，他们看起来怎样？

我问道。

闭嘴，孩子。

既不像我，也不像你，

她说道。

但是，娜娜，他们看起来怎样？

我问道。

闭嘴，孩子，要不然有一天你的嘴会因为问那么多问题

而扭曲。

不像你，也不像我？

不，像我，也像你，

但是不一样。

他们看起来怎么样，娜娜？

你脑子里进什么水了，孩子？

似乎我和你的皮肤被剥离了，

像一只虾，被煮熟或者被烘烤了。

像……像……但是，那是不好的。

一个孩子问那么多的问题。

娜娜，为什么他们要造大房子？

我问道。

我必须逃离你，孩子。

他们说……他们说过造大房子是为了让奴隶住。

娜娜，奴隶是什么？

闭嘴！小孩子问大问题，这是不好的。

一个奴隶是被买卖的人。

那些白人从哪里得到奴隶？

我问。

你吓住我了，孩子。

你肯定是一个巫师，孩子。

他们从这块土地得到他们。

这个大陆的人们卖掉了自己土地上的其他人，

包括女人和孩子，卖给那些从天外来的白人。

这些人看起来像我和你的皮肤被剥离，

像煮熟或者烧烤的龙虾？

我不知道，孩子。

你吓到我了，孩子。

我不在那里！

这是太久以前的事了！

没人再说这些事！

所有善良的男人和女人试图忘记；

他们忘记了！

　[停顿]

那些被带走的人怎么样了？

人们听说过他们吗？

他们怎么样了？

闭嘴，孩子。

天太晚了，孩子。

好好睡一觉，孩子。

所有善良的男人和女人试图忘记；

他们忘记了！

［停顿］

那个晚上，我热得尖叫着醒来；从一个噩梦中醒来，我的身体在燃烧，大汗淋漓。我梦到自己是一个高大，很高大的女人。我的体内有着巨大的洞，从那里出来一个个男人、女人和孩子。大海热得沸腾，冒着水蒸气。随着大海的燃烧，它丢出了许多许多大龙虾，煮沸了的龙虾。每一只龙虾落地时，就变成了男人和女人，但是保留了虾头和虾爪。他们冲向我坐的地方，抓住从我身体中出来的男男女女，把他们撕裂，扔到地上，踩在上面。在他们的开阔院子里，那些女人把我的男人、女人和孩子关在像山一般高的石头里。但是，没有一声哭声，也没有窃窃私语声，只有一声"爆裂"，像番茄熟了，豆荚饱满了。一切不断地成长着。［停顿］

我病得很重，多少周过去了，我还没恢复。当我说了这个梦，家里的女人都感到很害怕。她们哭了又哭，跟我说不要再说这个梦。有一段时间，有人说我该去学习成为女祭司。我不知道这是怎么回事。但是，自那时起，不管何时有人提到奴隶，我看到一个女人就是我，像成熟的番茄和饱满的豆荚那样裂开了。

[她长时间地、直直地、严肃地盯着观众，然后慢慢地从右上方退场。然后，突然间，场外一群劳累的人开始唱歌："摆得低一点，甜蜜的马车。"歌声持续了一段时间后停顿了。长时间的停顿，灯光一直很亮。然后，只有舞台下方的灯光熄灭。一个女孩从右上方入场。她很像多年前的阿诺瓦。她裹着一块布。她看上去也很狂野，手里拿着扫把和抹布，她马上开始打扫。然后，她突然停下来，站着做梦。这时，一个男孩从右上方入场。他悄悄地走到她的后面，喊了声"嘿"，她大吃一惊。]

女孩 [转过身，面对着男孩] 你把我吓得要命。

男孩 你刚开始在这儿干活吗？你为什么那样站在那儿？

女孩 这不关你的事。

男孩 我不知道这所房子出了什么问题。我敢肯定这里的人比奥古阿镇上的人还要多。然而，没有事是做完了的。

女孩 但是你做了。

男孩 我什么？这个时候你被告知要打扫这块地吗？

女孩 嗯，这不是我的错。

男孩 什么不是你的错？看看你的胳膊。即使你不懒，我也想搞明白它们能做什么。听着，今天是星期五，爸爸会来这里。不要那样站着，也不要那样瞪着我。

女孩　不管怎样，你是新的工头吗？你为什么不让我一个人待着？

男孩　[开玩笑地捏了捏她的鼻子] 我不会!

女孩　你!［她抬起手臂打他，导致一个装饰性的盘子掉下来，摔碎了。男孩很愤怒。］

男孩　神灵呀，你怎么了？看看你干的事。

女孩　嗯，碎了，不是吗？如果是我，我不会这样发牢骚。

男孩　没有东西能干扰你吗？

女孩　没有多少。至少这个盘子不会。

［她弯腰捡起碎片，然后又站起来。］

女主人不会记得这个盘子的。毕竟，这些天，她没时间惦记盘子之类的事。

男孩　你疯了，就是这么回事。我记得她说过我们要一直叫她"妈妈"，叫我们的男主人"爸爸"。

女孩　[咯咯地笑] 算什么爸爸和妈妈，呵呵!

男孩　我认为我没说过什么可以让你嘲笑的。

女孩　你现在变得很不公正。你知道我很喜欢他们两个。[认真地] 我希望我真的是他们的孩子……他们亲生的。[她嘬嘴〕至于她，也是的。

男孩 现在，发生什么了？

女孩 没什么。她像幽灵那样从一边走到另一边，自言自语。〔他们停下来，听着。男孩走到舞台的左上方，偷偷地看〕她来了吗？

男孩 〔没有转身〕没有。〔然后，他冲着女孩走回来〕

女孩 听着，在鱼窖的人们说，她这么用力地盯着塔克阿的婴儿，那个婴儿抽搐起来……

男孩 〔大吃一惊〕哎哟！

女孩 塔克阿当然在对每个人说，女主人，我指的是我们的妈妈，因为她是一个女巫，她在吞吃那个婴儿。

男孩 嘿！〔女孩大吃一惊。男孩走得离她更近些，开始用右手的食指打她的嘴唇〕不要让我听到你在反复讲那些糟糕的女人讨论妈妈的事。

女孩 好的，外祖父。

男孩 另外，你从哪里听说这些事的？

女孩 〔暴躁地〕我说过的，在那些窑炉前。〔对着他说〕或许你聋了。

男孩 我没聋，但是这所房子里的人说得太多了。

女孩 就因为这件刚发生的事。事实上，是她自己说得比别人多。无论何时，她认为自己孤独地在任何地方，她就开始说："哦，我的丈夫，我做了什么，我做了什么？"
[她模仿有些人的困惑，用手问问题，然后，她咯咯
地笑。]

男孩 不要笑。你能看到你自己有怎样的结局吗？[他拿起她
的抹布，开始在四周抹灰尘。]

女孩 唉，不要指望我能变聪明。[注意到他在工作]好的。
既然你不让我干活，你该抹灰尘……

男孩 嗯！……难道你也不是一个女人吗？

女孩 [迅速地，大声地]如果我是？[她放下扫把，默默地
抬起头。]

男孩 我没说你现在可以休息了。

女孩 [安静地自言自语]如果我有比我知道的能用的更多的
钱，而没有一个孩子，我会不开心的。如果我的男人拒
绝和我说话，我会马上开始自言自语；如果他不来我的
房间，或者不让我进入他的房间，我会在晚上走来走去。
[她现在转过身，看着男孩。]在我为了他自杀后，他其
实曾在一天，告诉我让我离开，却不告诉我原因，那时
我也会因为惊讶而死去！

男孩 人们不会因为惊讶而死亡。

女孩 看看我会不会这样。

男孩 [低语]现在，你知道什么事就要发生？

女孩　我知道吗？我所有知道的就是如果她离开了，我也会
　　　　逃走。

男孩　我和你一起走。

女孩　[害羞地] 不要你，如果你总在指责我……

男孩　[走近她，想摸她的乳房] 不会的，我不会的。

[女孩打了一下他的手，有一会儿，他们安静地站
着，然后，充满活力地继续干活。男孩开始吹起一
些曲子。]

女孩　她和这儿所有的人都相处……

男孩　和我们玩，好像我们是她的亲属？

女孩　是的。也许就因为这，主人想把她送走。

男孩　也许是的。她当然穿得比我们中的一些人都差。

女孩　是的，那是另外一件事。她为什么不为自己做些事？

男孩　什么事，举个例子？

女孩　哦，她没有朋友可以见吗，她们一起闲逛？所有又新
　　　　又时尚的卡布斯若托和布巴斯？袖子在风中吹拂，尖头
　　　　的鞋子和袜子……

男孩　当然，这是你喜欢的……

女孩　哎呀，如果我是她，我不做什么，

我就不会拥有什么？只要我能够看到，

我的心就渴求最好的？

[她忘了自己应该扫地。她放下了扫把。带着美好的期盼，她的眼睛亮晶晶的，她把自己的梦演示在男孩面前，男孩既惊讶又着迷。]

整个工作日我穿着肯特布。

拜访时穿天鹅绒，星期天穿丝绸。

[阿诺瓦在没人注意时入场，站在门口。她看上去似乎和上个场景一样，但是，更干瘪，穿着也更破烂了。她穿着旧衣服，赤着脚，头发剪得很短。]

女孩　哦，如果我是她，她是我，

我的头发、手指和膝盖上都有珠宝，

我的耳朵上挂着耳环，手腕上戴着手镯，

我的凉鞋上也有珠宝，我的头发有发型；

我的香水喷香，我的滑石粉是最好的，

我喜欢的汤里

看不到鱼头，

哦，如果她就是我，

这样我会自由！

[阿诺瓦偷偷溜走了。男孩和女孩站在那儿互相看
着。女孩的眼里闪烁着光芒，没有掉下眼泪，这时，
男孩深呼吸了几次。]

男孩　当然啊，你所想的就是成为一个女人。如果我是你，
又这样漂亮，我不会担心。也许爸爸会娶你为妻。

女孩　切，啊！那个害怕女人的男人？

男孩　听着，和你聊天很危险。你怎么能说出这样恐怖的事？

女孩　但是我没说谎……他们说……他们说……

男孩　闭嘴。[他打了下她的屁股，然后跑向舞台的右下方离
开，随后，女孩举着扫帚追他。从左上方，阿诺瓦再一
次入场，进入大厅。]

阿诺瓦　[对着已经消失了的男孩和女孩]你们说得对，我的
孩子们。但是，长辈们在你们来之前便有了规则，即使
在我来之前也一样："豹子手腕上的一串孤珠看上去很
美，但是，那是一头羚羊失去了母亲。"

[她漫无目的地在四周溜达，一边哼着歌。不久双胞

胎男孩入场。他们大约八岁。他们从右上方跑进来，拿着鸵鸟羽毛做的扇子，站在镀金椅子的两边，自动地开始给椅子扇风。这个举动持续了一段时间，阿诺瓦没有发现。当她发现时，她发出了干巴巴的笑声。]

阿诺瓦　可怜的孩子，我好想捡起他俩，放在我的背上。

潘因和卡克拉　[还在扇] 妈妈，我们听不见。

阿诺瓦　好的，我的孩子。我不是和你们说话。[旁白] 他们给椅子扇着风，这样等他们的老爷进来时，椅子周围的空间会凉快。我料定这是亚卡教给他们的最美好的事之一。嗯……没有孩子的女人很苦恼，他们警告说。让某些人去看望一下他们的母亲，她是谁？在孩子们站在这儿扇空空的椅子时，她坐在哪儿？让他们去看望母亲，她在生孩子时，是那么痛。怀孕九月昏昏沉沉，食物吃起来像粪便，水喝起来像尿。九个月的不健康欲求和噩梦。然后，羊水破了，她命悬一线，就像贫困女人的细发。哦，老化的血液的臭味变得很重……她经历了这些，最后，她无法休息。[指着男孩们] 这样他们就来了，来扇这把空空的椅子，来扇一把没人坐的椅子。[她站起来，无精打采地走到维多利亚女王肖像画前，对着它说话。]

嘿，姐妹。我听说你是一个女王。也许尽管你的外貌很奇怪，你也是一个女人，啊？你那边怎么样？有时你的感受也和我一样吗？那就是自己不应该出生。娜娜……你不回答吗？[做出驱赶人的手势]如果你不回答，你会头痛……我说，你不要这样看着我，因为我在以前看到过类似的人。[自言自语]但是，我不会哭泣。我不想让他看到我的眼泪。有人本应该教我怎样成长为女人。我听说，在有些地方，女人一无所有。自女人出生，他们就让她知道这些。但是在这儿，哦，我的神灵母亲，他们让女孩照着自己喜欢的方式成长，一直到结婚。那时，她就像任何一个地方的任何一个女人：为了让丈夫成为一个男子汉，她不能想，她不能说。哦——哦，为什么没人教我怎样成为一个女人？[这时，她想起了孩子们。]嘿，卡克拉，潘因！不要给那把椅子扇风。

潘因和卡克拉　[很震惊]但是，妈妈，亚卡说……

阿诺瓦　我说，停止给那把椅子扇风，潘因，去告诉亚卡，我要求你们停止给那把椅子扇风。[他们把扇子放在一张凳子上。潘因走出去，阿诺瓦拥着卡克拉，和他一起往下走。然后，她坐下来，他坐在她边上的小毛毯上。]卡克拉。

卡克拉　妈妈。

阿诺瓦　你和潘因来自哪里？

卡克拉　谭图的一所房子里，妈妈。

阿诺瓦　不是的，我指的是在这之前。

卡克拉　妈妈，我不知道。

阿诺瓦　卡克拉，我老了吗？

卡克拉　[转身看着她，然后，困惑地看向其他地方。] 妈妈，
　　我不知道。

阿诺瓦　是的，你不知道。去和你的朋友们玩吧，孩子。

　　[卡克拉站起来，离开。阿诺瓦低下了头。科费·阿
　　科由男孩扶着走进来。他的打扮和上一个场景一样。
　　阿诺瓦轻蔑地瞪着这两个男人。男孩带着他，扶他
　　坐进椅子里。在这个场景的所有时间里，科费·阿
　　科都默默地审视着他的四肢。"有人开枪自杀"，各
　　种非洲葬礼的队伍正在演出。]

男孩　爸爸，我要去叫纳纳祭司吗？

科费·阿科　[匆忙地] 还没到时间。到时候，我会叫你，让
　　你带个口信给他。

男孩　好的，爸爸。[他退场了。]

[令人尴尬的安静。]

阿诺瓦　我听说，你想和我说话。

科费·阿科　我想说的是，阿诺瓦，我不喜欢你在家里这样
　　走来走去。

阿诺瓦　你不喜欢看到我这样绕着房子走？

科费·阿科　请你，不要问惹人烦恼的问题。

阿诺瓦　不要吼叫。毕竟，是你担心奴隶们会听到。我不明
　　白的是，科费，你为什么要这么多的事都依着你的方式
　　处理。

科费·阿科　[非常愤怒] 我认为在这块土地上，没有一个女
　　人像你对待我那样和丈夫说话。[叹了口气，又放松了]
　　你为什么要这样？阿诺瓦，为什么？[阿诺瓦笑了] 你为
　　什么不能像其他正常的女人？像其他正常人？[阿诺瓦继
　　续笑着，然后，突然停止。]

阿诺瓦　我还是不明白，你说的正常是什么。想继续工作就
　　不正常吗？

科费·阿科　是的，如果没有必要。

阿诺瓦　但是，我的丈夫，人们没有必要工作，有这样的时
　　候吗？毕竟，我的长辈说过，只要头还在肩膀上，我们

就不能停止戴帽子。

科费·阿科　当我买了奴隶来做这些事的时候，我觉得自己有理由不再在森林里行走，爬高山，跨越河流，去买皮毛。

阿诺瓦　这样，我们又回到了我们一直争吵的地方。我的丈夫，我们没有必要把我们身体的力量给予别人。我们不应该买这些奴隶。

科费·阿科　但是，我们需要他们来替我们工作。

［阿诺瓦开始来回踱步，在这个剩下的场景里，她一直没有停很久。］

阿诺瓦　似乎其他人都是马！现在，看看我们。从早上的公鸡鸣叫到太阳下山，我们无所事事。我像一个幽灵在彷徨，而你坐在那里，被清洗，被涂油，就像……被展示的新娘或者被崇拜的神灵。这就是我们离开耶比追求的东西吗？啊，我的丈夫，我们年轻的生命去了哪儿？

科费·阿科　［愤怒地］不要说了，阿诺瓦，不要说了。这些奇怪的言谈有什么意思？如果你觉得老了，那是你自己的事。我觉得自己非常年轻。

阿诺瓦　是吗？

科费·阿科 ［激烈地］是的，我就是这样。你不要用你自己的方式慢慢地绕着房子走，像乞丐一样地走，让自己成为一个笑话。你不会做些对自己好的事吗？毕竟，你是我的妻子。

阿诺瓦 我是你的妻子吗？什么可以证实？

科费·阿科 我不懂你。

阿诺瓦 不懂？我在问你我做了什么，或者关于我用什么来说明我就是你的妻子。我认为不是穿上好衣服就够了。

科费·阿科 你在指这个事实，我们没有孩子的事实。

阿诺瓦 一个领养的孩子总归是领养的；一个奴隶孩子，总归是奴隶……也许我不能生养。但是，你值得有一个男孩；因此，我要给你一个妻子。这些奥古阿的丰满混血儿中的一个……

科费·阿科 阿诺瓦，不要说了！

阿诺瓦 另外，这些女人比我更有文化，我只是来自耶比那样的地方。她们，和你一样，学过白人的生活方式。这样的女人也许足够有魅力，睡到你的床上……

科费·阿科 阿诺瓦，停止说这些！停止，停止！

阿诺瓦 ［笑起来］停止什么？停止什么？

　　［科费·阿科又叹了口气，放松了一下。葬礼音乐或者鼓声起起落落，他开始审视自己的四肢。阿诺瓦

把脚趾伸进皮毛里，又把餐具柜里的盘子重新放置。]

上一次来这儿的那个祭司说了什么？

科费·阿科 你什么意思？那与你有什么关系？

阿诺瓦 太多了。我知道这一切都和他告诉你的有关。

科费·阿科 你说的就像你的头不在那儿。

阿诺瓦 ［尖叫起来］他关于我的预言是什么？

科费·阿科 我不知道。但是不管怎么样，听着，我觉得你也和他一样擅长这类事。你该知道的，不是吗？你为什么不去洗一洗你的嘴，最后成为一个女祭司呢？我再也忍受不了你这样奇怪的生活方式。

阿诺瓦 ［声音中透露出紧张不安］你在说什么？

科费·阿科 ［苦涩地笑着］我在说什么！

［又一阵尴尬的停顿］

阿诺瓦 是的，你在说什么？

科费·阿科 ［带着几乎假装的劳累］请你，不要打扰我。哦，神呀，阿诺瓦你一定要毁灭我吗？像你那样的人希望从生活获得什么？阿诺瓦，你是……我的意思是你培养了我，就是想毁了我？

阿诺瓦　科费，你在说什么？

科费·阿科　阿诺瓦，阿诺瓦，哦，阿诺瓦。

阿诺瓦　那个上次来这儿的祭司说了什么？

科费·阿科　和你一点关系都没有。

阿诺瓦　我觉得有关系。太有关系了。我内心深深地觉得所有这些让我离开的事都和他上周说的有关系。

科费·阿科　都是疯话！

阿诺瓦　［歇斯底里地］那个祭司所说的关于我的预言是什么？

科费·阿科　请不要来来回回地走。这让我生气。

阿诺瓦　你为什么想让我离开？

科费·阿科　就是不要干扰我。

阿诺瓦　我做错了什么事？

科费·阿科　没什么。

阿诺瓦　那是因为我没生孩子吗？

［很安静。她走向他，改变了一下态度，变得有些哀求。］

你想要一个新妻子，她不喜欢看到我在周围逛？

科费·阿科　阿诺瓦，你为什么总问傻问题，你知道的，我无法回答。

阿诺瓦 但是，它们不是傻问题。

科费·阿科 ［漫不经心地］事实上，你离开我，我会很高兴。我不知道你要什么，即使知道，我也不能肯定我有能力满足你。你不能给我一个孩子，他是我想从你那儿得到的唯一的东西。我们分开吧，阿诺瓦。

阿诺瓦 但是自己离开是一回事，被送走又是另一回事。

科费·阿科 你说这些话的意思是，你总是有权利做你喜欢的，而我总是坐在一边，看着你？

阿诺瓦 ［她绝望地举起了手］哦，我们祖先的神灵！我能说些什么话，它们不会扭弯我的脖子，使我窒息？

［在科费·阿科审视自己的四肢时，音乐或鼓声响起。阿诺瓦来回踱步。然后，她开口说话，几乎是自言自语。］

阿诺瓦 那个祭司说了……关于我的什么话，让他觉得我不再给你带来幸福。我肯定做错了什么。我肯定做了一些事。我不是小孩子。科费，我知道，如果一个妻子经常和其他男人睡觉，会让这个男人不成功。祭司说过，我在做类似的事或者任何和它一样的坏事吗？

科费·阿科 ［嘴角有着苦涩的微笑］就是离开，让我一个人
待着，女人。

阿诺瓦 ［伤心地］我不能，我的丈夫。因为我无处可去。我
发过誓，我不回耶比。我还能住在这里，能吗？我不来
打扰你。我就待在我的房间里。就是不要送我走。我们
已经很长时间没有看到对方的床了，那么这样分开，也
没关系……［她盯着他，说出下面的台词，似乎她有了
一个新发现。］

阿诺瓦 啊——你就要死了吗？我们就要死了。听着，我的
丈夫，祭司说过你要死了，我要死了，我们要死了吗？

科费·阿科 你发疯了。我生机勃勃。

阿诺瓦 ［她站起来，提高声音］男孩!

科费·阿科 你为什么叫他?

阿诺瓦 这和你没关系。

男孩 ［跑进来］妈妈，我在这里。

阿诺瓦 男孩，我问你一个问题。［她继续来回走。］男孩，
你知道你的主人说，我必须离开，不再回来。［男孩尴尬
地低头］我的脚已在路上，要不是他还没告诉我他发现
的我的错或者我做错的事，我本已经走了。男孩，你知
道为什么吗?

男孩 不知道，妈妈。

阿诺瓦 男孩，你听说过一个男人想和妻子离婚，却不说原因吗？

男孩 妈妈，我从来不知道这块土地的习俗。

阿诺瓦 那你来的地方呢？在你被带走前，你听说过这样的事吗？

男孩 我不记得我听说过了。

阿诺瓦 男孩，谢谢你。去叫这儿的所有大一点的男人和女人……把每个你看到的人带回来。

男孩 好的，妈妈。［他离开了。］

科费·阿科 ［狂怒地］阿诺瓦，你在干什么？为什么一定要他们知道这些？你以前从没有孩子般的举动——为什么现在你这样呢？

阿诺瓦 我不知道为什么我们不能把他们带进来。我需要他们的帮助，而且，他们也来自有人活着，有人在吃饭，有人死去的地方。也许他们中的一个会帮到我。我现在的举止像小孩子，是因为我这辈子的举止像成人，却得不到什么。

科费·阿科 ［吃惊地］你疯了，阿诺瓦。

阿诺瓦 还没疯！

男孩 ［在门口］要他们进来吗？

阿诺瓦 让他们进来。

[男孩又一次进来，身后跟着尽可能多的男人和女人。最后一组是双胞胎。他们的双脚不安地挪动着，睁大了眼。]

所有人　妈妈，我们到了。

阿诺瓦　我看到你们了。听着，你们中有人听说过一个女人的丈夫想和她离婚却不告诉她原因这样的事吗？[他们看上去很迷茫，回答"没有"，似乎这是音乐剧的一行台词，温和地唱着：没有，没有，没有，没有，没有，没有……他们互相大声耳语。]那么，你们可以走了……[他们所有人马上转身。]不，等一下……哦——哦……我想送走你们中的一些人。我送你们去见这块地上，最年长和最明智的人，去问他们是否听过这样的事：一个男人想和妻子离婚，又不告诉她原因。[随意地指着不同的人]你去问那个在卡瓦克拉姆的有胡须的女人，你去那个在南那姆有姆颇欧的老祭司那儿。那边的你们去见巴欧，他幼时被诱拐，后被教育知道了丛林的神秘之处。你们快速离开，今天就回来，走路要快，是你们从前没走过的快。快点回来，因为我的脑子里，有着太多的噪声，在我的大脑飞走迷失前，你们一定要回来。[人群四散，从邻近出口离开。有点累，但是有点兴奋，阿诺瓦来回踱步，科费·阿科保持着安静。〕几周以来我就知道这个就要来，我很害怕。一个老人说："恐惧是'它在来'而不是'它已来'。"但是对我来说，"它已来"让我没法平静。也许……男孩！

男孩 〔跑过来〕妈妈，我在这儿。

阿诺瓦 我听说纳纳·阿巴科阿门合尼·科克柔科在这儿。他和其他部落酋长一起正在和州长开会。去，在他耳边轻语，让他来看我。告诉他事态危急，他要原谅我们未亲自前往。这一切都要及时解释清楚。他要来，但是不带随从。

科费·阿科 〔站起来〕阿诺瓦，你做这些是为了什么？

阿诺瓦 我们互相解释各自的行动的时间过去了。

〔男孩尴尬地往别处看。〕

科费·阿科 也许你要失去理智了。

阿诺瓦 这个对你没有意义。

科费·阿科 那不是我关注的。但是你不要在纳纳面前，把它说出来。〔他跺着脚。〕

阿诺瓦 就坐在那里，看着我。

科费·阿科 〔大喊着〕你可以走了，男孩。忘掉你妈妈对你说的话。

男孩　好的，爸爸。[他退场了。]

阿诺瓦　是谁可以说你允许我做或不做?

科费·阿科　[愤怒地大声说]纳纳是我的朋友，不是你的。

阿诺瓦　这就是我请他来的原因。

科费·阿科　阿诺瓦，你不要在他面前，丢我的脸。

阿诺瓦　黑暗早就笼罩了我们。我们是否互相打击，那重要吗?你不是也在全世界面前，丢我的脸?

科费·阿科　你的奇怪言论不会说服我……

阿诺瓦　我并没有试图这样。自从我说的最普通的话对我都没有意义起，时间已过去了很久。

科费·阿科　我再说一遍，在这个世界上，纳纳是我唯一尊重和引以为傲的朋友。

阿诺瓦　我的好丈夫，在过去我是多么了解你。这也是我要咨询他的原因。

科费·阿科　我早就知道你总是那么聪明。

阿诺瓦　当然，一些事告诉我们聪明不是一件坏事。

科费·阿科　每个人都说你是女巫。我本应该相信他们的。

阿诺瓦　[嘲笑地]哎呀，我用婴儿的骨头使你窒息了吗?

科费·阿科　停止这些表演，我说，不要干扰我。

阿诺瓦　那么，我要问我喜欢的人的建议了。

科费·阿科　阿诺瓦，如果你不是安静地离开我，而是拿这件事去咨询任何一个人，那我将谴责你，你是一个女巫。

阿诺瓦　［大吃一惊］不要！

科费·阿科　［听到她的喊叫声，突然变得生气勃勃］如果我这样做了，你知道的，这世界上会有不止一个人相信我。

阿诺瓦　［尖叫］不，不要，不要！

科费·阿科　也有人会准备好证据的。

阿诺瓦　科费，我听错了吧。

科费·阿科　那样你知道会发生什么。但是，这对你没有两样。既然你不在意是否像别人那样活着或行动……

阿诺瓦　但是我做了什么？

科费·阿科　我只要你离开我，没别的了。

阿诺瓦　哦，我的祖辈的神灵呀！这是什么？这是什么？

科费·阿科　我会给你造一座小房子，如同我许诺的，但是，是在耶比……

阿诺瓦　但是我不能住在那里。

科费·阿科　我会给你一半的生意，一半的奴隶，如果你要的话。

阿诺瓦　我不想要你的任何东西。

科费·阿科　带走所有的珠宝。

阿诺瓦　我说，我什么也不要……

科费·阿科 你必须马上离开。我会去耶比，或者派个你尊重的人去向你的家人解释这一切。

阿诺瓦 不要，不要，不要！

科费·阿科 ……我要让一些男人和女人跟着你，拿上你的私人物品。

阿诺瓦 但是……

科费·阿科 男孩！

阿诺瓦 不要！

科费·阿科 什么？[在这两人不知道的情况下，男孩和几个奴隶，有男有女，出场了。]

阿诺瓦 你不能这样送我走。我不要去耶比，或者其他任何地方，在你告诉我原因之前。我向妈妈发过誓，我不会回去。永不回去。[没掉一点眼泪，但是她的眼神很危险]不，我不再穿着破烂。但是……这场婚姻，我没有孩子。啊！是的，科费。[她走向他，声音嘶哑、清楚地向他低语]我们没有孩子，科费，我们没有孩子！有多少年，我没看到你的床。科费，[变得歇斯底里]我回想过去，你从未对任何其他女人感兴趣……

科费·阿科 你在说什么，阿诺瓦？

阿诺瓦 科费，你死了吗？[停顿]科费，你的雄性气概没了？我说的是，你像一个女人。[停顿]科费，不会再有希望了，不是吗？[停顿]科费……告诉我，这个就是我必须离开的原因吗？在获得奴隶和财富时，你耗尽了你的雄性气概？

[一片寂静]

你为什么不想让我知道？你本可以告诉我的。因为我们是朋友，像兄弟和姐妹一样。你就是不让我知道？祭司说是我的错。我吃光了你的雄性气概？他为什么说是我干的，出于忌妒？难道他没告诉你，在获取财富和奴隶时，也许是你自己耗尽了雄性气概？

[科费朝四周看，看到了一些偷窥的眼睛。他很震惊。他向阿诺瓦打手势，她不知道正在发生的事，而是继续说着。他试图离开，然后，又坐下来。奴隶们消失了。]

阿诺瓦　现在，我知道了。就是它。我的丈夫是一个女人。[她咯咯地笑着]他是一具尸体。他是死了的树木。比死树木还没有价值，至少，死树木上面有时可以长蘑菇……你为什么不让我知道？[很长一段时间，他们互相奇怪地看着对方。然后，他起身离开。]你去哪里？科费，不要走。[停顿]让我们从头开始。[长时间停顿]不，我将要安静地离开你。[停顿]我要走了，科费。我要走了。我会安静地离开你。

[他从左上方离开。她看着他逐渐远离的后背，直到消失。然后，她凝视着这把镀金的椅子。盯着它一段时间，之后，她朝四周看，然后，在某个时间，她开始对着家具说话。]

阿诺瓦　唉，传信的人马上就要回来。地毯、肖像画、你、椅子、女王，他们向你们问我的情况，告诉他们我走了。告诉他们，智者说了什么并不重要，因为现在，我比他们有智慧。

[她又盯着那把镀金的椅子。突然，她跳起一两步，坐进椅子，像孩子一样晃着腿，脸上有着愉快的神色，嘴咧着笑。她突然咯咯地笑起来。突然，舞台外面有一声枪响，之后，一片死寂。舞台外传来男女的尖叫声，一片混乱。阿诺瓦又开始咯咯地笑。灯光逐渐在她身上变暗。

灯光在整个舞台亮起。上方依然是大厅。中央是没人坐的镀金椅子。在背景处，可以听到葬礼的鼓声和哀号声。一些女人，由哭泣着的巴杜阿带着，排队从舞台的右上方进入，坐下来。巴杜阿站在最靠近舞台下方的右手边角落里，其他女人围坐在镀金椅子边上，似乎那就是葬礼中的床。过了一会儿，奥沙姆从左上方进入，坐在最靠近舞台下方的左手边角落里，面对着巴杜阿。大家都双眼发红，处于哀痛中。鼓声和哀号声停止后，吹牛角者在奥沙姆之后立刻进入，直接站在椅子后，吹起一系列劝告曲，然后，停下来。灯光从右上角开始变暗淡。

那两个明辨是非的智者入场。老年女性开始几乎尖叫起来。]

老年女性 呸，呸，呸。这就是那类发生的事，从中，人们获得故事和传奇。耶比，我哀悼你，哀悼，哀悼。 希望所有的力量都用来向你哀悼。科费·阿科开枪自杀，阿诺瓦淹死自己！这实在是太悲惨了。其他村里的人也会有伟大的人、有钱人和有名气的人。为什么这种惨死会发生在我们村里？我们吃了什么违反禁忌的食物？我们站过什么不神圣的地方？

[老年男性进来，低着头，站在舞台的中央。]

哦！科费・阿科，有人说他失去了男人的雄性气概，因
为他生来就不多；他婴儿时期常生病，他身上有个洞，
那是男性力量的来源。有些人说他在获取财富时耗尽了，
或者把雄性气概和成功做交易。但是，我认为这都是在
阿诺瓦的家门口发生的。娶了阿诺瓦这样的女人，什么
样的男人不会成功？唉，面对这个巫女，甚至连巨人阿
麦费也可以保持力量。他们说她总是工作，好像能吃掉
一千头牛。神灵，原谅我说死人的坏话，但是阿诺瓦吃
了科费・阿科！

老年男性　[热切地看着她，轻声笑起来。]当然，有件事我
　　们知道怎样做才好。那就是当事情出错时，归咎责任。

老年女性　你说这些什么意思？我没枪杀科费・阿科，是吧？

老年男性　我没说你做了。

老年女性　不是阿诺瓦让他自杀的吗？

老年男性　[安静下来，不再看老年女性]也许吧，也许吧，
　　也许吧。但是没有人会凭空发疯，除非他自娘胎起就有
　　脑部的疾病。不是的，那是男人自己逼自己的。谁知道
　　阿诺瓦是否可以成为更好的女人，更好的人，如果我们

不是现在的我们？

［老年女性瞪着他，吐了一口唾沫，一边摇晃着离
开，一边比以往更厉害地咳嗽着。］

他们过去常说阿诺瓦的举动，说她好像一个故事里的女
主人公。我们中的一些人希望她更幸福，她的生活没有
那么多熟悉的人类气味。她坚持自己的信念。她拒绝回
到耶比，拒绝承受我们的流言蜚语和评判。奥沙姆和巴
杜阿以及其他人一起把两具尸体带回耶比。哦，如果死
后有生命，阿诺瓦的神灵必定会说些关于这件事的话。

［他开始离开，这时，所有的灯光开始熄灭。］

随着黑暗的来临，我们听到唯有阿滕特本在孤独地哀
号着。

幽灵的困境

阿玛·阿塔·艾杜

献给对爸爸的回忆

人物

阿托·亚森 [小名艾布]：年轻的加纳毕业生

尤拉利·亚森 [娘家姓拉斯]：非裔美国毕业生

艾斯·考姆 [妈咪]：阿托的母亲

蒙卡：阿托的妹妹

娜娜：阿托的外祖母

阿克耶：阿托的大姨

曼莎：阿托的小姨

佩图：阿托的大舅

阿克卢玛：阿托的小舅

女人甲：邻居

女人乙：邻居

男孩：梦中的两个孩子之一，阿托过往的自我的幽灵

女孩：梦中的两个孩子之一

路边的鸟

《幽灵的困境》第一次演出是在1964年3月12—14日，在莱贡的加纳大学联邦大厅的一个学生剧院。这是一家露天剧院。

故事发生在奥德穆纳家族祖屋最新落成的厢房后院。围绕厢房后院右边的是老房子的墙，中间和左边的是新房子的墙。右边的角落，有一扇门，连着一个通道，把这个后院和老房子的较大的后院相连。左边墙的中间也有一扇门，通往新房间。一个露台环绕着新房子的两侧。

前景有一条小路，连着通往河边、农场和市场的几条路。

序 幕

我是路边的一只鸟——

突然在灌木丛中蹦蹦跳跳，

或在角落的阴影里

身子和头分离。

我是一个老巫婆，气喘吁吁

长久地敲着坚果，

煮出来的汤，哎呀，

滋养了一堆白骨——

或者是你的邻居家的两个女人

在说东说西中生命消逝。

我能告诉你这些理由，

这件和那件事缘何发生。

但是，陌生人，

你让我对奥德穆纳家族……说什么呢？

看看你的周边，

因为语言说不了所有的事。

有时，眼睛能看到

耳朵必定能听到。

看那边的房子

比镇上所有的房子都大——

也如同它的名字，那样古老，

奥布卢曼库玛、奥达帕杰、奥森。

他们繁殖得比鸟儿还快，

他们获得的黄金

似乎是地上长出来的庄稼——

但是要培养

一个学者

要花费很多。

陌生人，你不会知道。

你来听听他们的号角声，

我们从左面来，

我们从右面来，

我们从左面来，

我们从右面来，

树枝不会刺穿我们的眼睛，

河水不会淹没我们。

我们是先行者，

我们向前进，前进，前进……

因此，大家理所当然地认为他们要把新盖的房间，给这个学者独用。这样做不是希望他把家安在那里。不！……他从白人的国度回来后，他当然要在城里生活和工作。但是，他们都希望他能时不时回来，在周末和节日，比如说圣诞节。当然，他应该在木薯收获节庆典，或者板凳祭拜节时回来。祈求先祖的保佑，没有冲突，唯有和谐，以及恢复需要恢复的。但是计划的日子和实际的日子截然不同。当那位学者来临时……我无法告知你发生了什么。不久以后，你会亲眼看到。这一切都在某个大学校园里开始；不必在意在哪儿。夜晚如往常那般凉爽。夜幕就要降临，这时我听到一个男人和一个女人在说话……

尤拉利 毕业了！啊，好吧，那个也不是很糟。但是一个毕业生是谁？他是什么样的生物？我为什么会料定毕业就是可以获得幸福的护照？

阿托 ［严厉地］如果你一定要知道，女人，我认为你的确让我不安了。既然你认为学位不怎么样，那看在上帝的分上，你为什么要去拿呢？

尤拉利 不要对着我吼叫，好不好？

阿托 闭嘴！好不好？

尤拉利 我想非洲女人都不说话的？

阿托 你都多少次把非洲女人扯进来了？不要扯到她们，好吗？……是的，她们当然说话。但是，看在上帝的分上，她们不像你那样说话。这样拉长着腔调说话，像开着的水龙头，让我紧张不安。

尤拉利 你是什么意思？

阿托 我的意思就是我说过的话。

尤拉利 听着，我认为我不会袖手旁观，让你说我不如你的族人。

阿托 但是看在上帝的分上，我都说了什么？

尤拉利 唉，你说"这样拉长着腔调说话，像开着的水龙头"，是什么意思？我打小就这样说话——像个美国人！

阿托 ［道歉地］胡说，亲爱的……但是小甜心，在我们说话时，我们能不能不比较你的同胞和我的族人？亲爱的，我们会幸福的，不是吗？

尤拉利 ［松了一口气］我很乐观，土著男孩。心有所属……这当然是一种福气。

阿托 可怜的小甜心。

尤拉利 但是我不会再可怜了，是吧？我就是"小甜心"。哇噢，棕榈树，蓝色的大海，太阳，金色的沙滩……

阿托 冷静一下，女人。你从哪里得到了一本旅游手册？我们就要住的地方没有棕榈树，然而有椰子树……对，椰子树。当然，除非我带你去拜访我老家的族人。那里有真正的棕榈树。

尤拉利 嗯，好吧。我不知道它们的差异，我也不在乎。椰子树，棕榈树，它们不是一样的吗？不管怎样，我为什么不去看望你的家人？

阿托 你可能不会被他们的形象打动。

尤拉利 亲爱的，你好傻。谁想被打动？尤拉利·拉斯有她自己的好同胞，不是吗？我能指着街上的乞丐对你说他们是我的爸爸和妈妈吗？阿托，你的妈妈也有点类似我的妈妈，不是吗？

阿托 ［慢慢地，不确定地］当然，她就是。

尤拉利 你的爸爸就像我的爸爸？

阿托 当然。

[接下来的台词很严肃，就像祈祷。]

我的家人，也就是你的家人……

尤拉利 你的神也是我的神？

阿托 是的。

尤拉利 我也会死在你要死的地方？

阿托 是的……如果你想这样，你也会被埋葬在那里。

[停顿]

尤拉利 [焦虑地]但是亲爱的，我真希望这件事不会很麻烦。

阿托 什么事？

尤拉利 你知道的，土著男孩。

阿托 尤拉利，你难道不相信我所说的？我爱你，尤拉利，这才是重要的。你那么甜蜜，适合所有的男孩。我作为长子，怎么可能难取悦？孩子，谁要孩子呢？事实上，我很嫉妒他们。我可受不了你爱其他人比爱我多。不，亲爱的，甚至我们的孩子也不行。

尤拉利 你真的肯定？

阿托 在非洲和美洲，你难道不是最甜蜜和最可爱的人？亲爱的，不管有没有孩子，我们都要创造一个天堂。

尤拉利 亲爱的，有些男人很在乎这些。

阿托　〔热烈地〕看着我，只要你不想要，我们就推迟生

　　　　孩子。

尤拉利　但是，我了解的非洲……

阿托　……尤拉利·拉斯和阿托·亚森能自由地相爱，是吧？

　　　　这就是你所了解和应该了解的非洲。

尤拉利　〔高兴地〕傻子，我不再说这些。

阿托　那么就忘掉你就要说的。

尤拉利　〔固执地〕我只希望这件事没有问题。

阿托　会没问题的。

尤拉利　阿托!

第一幕

傍晚。两个村妇头顶着水罐，从河边返回。

女人甲　啊！我原以为自己在这儿是一个人……

孤独的女人必须干活，

从早到晚，

为了嘴能嚼上一点儿粮食，

或者有一滴水润喉。

女人乙　我的姐妹，你不是一个人。

谁会想到我也一样；

我的家里到处是孩子，

我自己的，我老公的，我姐妹的……但是，这就是我受

到的诅咒。

"这些人不做事，

我要做这些?"

不。他们都把手放膝盖上，坐着。

如果庭院需要打扫，

那就是阿巴的工作；

如果需要做饭，

那也是阿巴的事。

因为仆人离开一整天。

罐子里就没有一滴水，

来舒缓干渴的喉咙，

我告诉你，我的姐妹，

有时我觉得你没有孩子，更幸运。

女人甲　但是到了最终，

还是有孩子的你更幸运。

比如说，艾斯·考姆。

[艾斯·考姆带着两个凳子，从右边的门进来，她把凳子放在舞台的中间。接下来，她悄悄地迅速进进出出舞台，放好了六张凳子，为下一幕做好准备。]

女人乙　发生了什么事?

女人甲　你知道吗？她的那个漂洋过海的儿子，

现在回来了。

女人乙　怪不得她家里粉刷一新。什么时候回来的？

女人甲　昨天晚上。

女人乙　他在这儿吗？

女人甲　我不知道。

女人乙　我听到她的那些小孩子，

吵着要吃鸡蛋。

女人甲　这意味着，

这个小区里的我们就要流着口水，

闻着煎煮香味。

女人乙　当然这样，这就是她一直做的。

然后，债台又高筑了。

女人甲　是的，但是她的儿子回来了，

可能最终把债还清了。

她的心很好。

女人乙　嗯，对我来说，像她那样

这样久住祖屋，

我会觉得丢人的。

但是，我的姐妹，快点走，

家里的饭就要凉了。

[她们下场。过了一分钟左右，艾斯·考姆摆好凳子，也下场了。]

[后来，天很黑了。一个老年女性拄着木棍，踉跄地走着。年轻时候的她，意志如钢般坚强，身材矮小，肤色很黑，很娇柔。现在，虽然很虚弱，但80多岁的她说话依然很尖刻，也许比以前更厉害。她坐在舞台中央的凳子上，下巴搁在棍子上。此时，阿托从左边的门进来。有几秒钟，老年女性一动不动地坐在那里，似乎没有看到他，然后她突然开口说话了。]

娜娜 我很高兴。你回来了我还活着。

阿托 我也是。

娜娜 我的外孙，你在想什么？

阿托 娜娜，我没想什么。

娜娜 难道你不曾想过或希望过，你回来后，发现我已经死了？

阿托 哦！

娜娜 我的外孙，不要感到难受。我只想给你添一点麻烦。现在，去告诉你的母亲，如果她和其他人不能早点来，我会生气的。[阿托从右侧的门下]淘气的睡眠已经偷走了我的感觉。[从里面传出"哐当"一声]啊,有人在门口摔了一跤。唉,总有一天,这个房子里的人会杀人。难道他们不知道,如果上天要收回光明,他们就一定要自己照亮自己的路吗?但是,不是这样的。他们会让我们都在黑暗中。在黑暗中,如果我们先祖的神灵前来拜访我们,他们怎样找到路?但是,我们不应该讨论这些事。他们说他们会出钱买祭品……似乎把它们裹在布里,这些钱会发光,会照亮我们的路……当然,他们会说我说太多了……她们不来了吗?她们正在挪动饭锅,嘁!她们还是女人吗?我鄙视这些女人。在我们年轻的时候,一个女人刚吃完饭,就已经收拾好厨房了。但是现在,她们把锅到处乱放,绊人脚。但是,这不是她们的错。如果她们不得不用比鸡蛋还容易碎的瓦罐,她们早就学会这个教训了。

阿托 [从里面]妈咪,为什么你和舅舅们不快点?娜娜已经不耐烦了。[他又上场。]

娜娜 你的佩图和阿克卢玛舅舅来了吗?

阿托 是的,娜娜。[声音从里面传来]

曼莎 [从里面]哦,又是这个老太太!

娜娜 他们在那儿干吗?

[几个声音在说话。佩图和阿克卢玛走进来，坐下了。]

佩图 老太太，您好。

娜娜 我很好，乖孩子。你们好吗？

佩图 我们都很好，老太太。

[阿托离开舞台，悄悄溜进自己的房间。]

娜娜 阿克卢玛，你妻子的肚子好些了吗？

阿克卢玛 好些了。

娜娜 我发觉你们对自己的事不是很清楚。你们总说我话太多，所以我尽量不干涉你们的事。但是，我希望你们会一直记得我说过的话。我们不是吃够了白人的药？既然这些药对你的妻子没有效果，你为什么不带她去克费克露姆？那里的草药师很有名的……

阿克卢玛 听到了，老太太。我也会告诉她的族人，听听他们会说些什么。

娜娜 [转头看向入口]我说，你们在那儿干吗？你们为什么这样对我？

女人的声音　啊，我们来了。

　　　　[艾斯·考姆、阿克耶和曼莎走进来。现在的舞台很亮。女人们围着露台坐着。]

娜娜　啊，你们真不让人开心。你们在炉边做了什么事？我原以为你们应该知道，我不能一直坐在这儿，露水会打湿我的。

曼莎　老太太，好了好了。我们再不会这样做了。

阿克卢玛　我们的先生，那个白人在哪儿？

阿托　[从里边]我来了，舅舅。[他走出来。]

佩图　但你坐哪儿？……

艾斯　[一边回答佩图，一边朝着老房子]蒙卡，你不拿张凳子给你的哥哥吗？

蒙卡　[从里面]嘿！

所有人　发生了什么？

蒙卡　[带着一把椅子回来]有些人成为学者，真可怕。

娜娜　发生了什么？

蒙卡　这位学者先生正坐在椅子上学习，因此他不能动。[阿托笑了]他究竟在学什么呢？是了解豹子的皮肤吗？

　　　　[她咂了一下嘴。]

艾斯 如果是在任何其他人的家里，我一定会让所有人都有座位的。

阿克卢玛 但是我不知道他做了什么，让大家这样不待见他。

艾斯 大家说说，反正我们不能一直保密。有一天他长成你们这样，他会踢得我们团团转，似乎我们就是他的足球。

娜娜 艾斯·考姆，放过那个孩子。没人知道这个有名望的人小时候是怎样的。

阿克卢玛 但是，老太太，一只鸟做得不好，我们会很快知道，因为它的巢就在路边。

阿托 我们也给他一些时间吧。

曼卡 我说嘛，人们总是会看出哪些是受过文明熏陶的人。

娜娜 我认为你们应该都知道，阿托一直是很谦虚的。

佩图 当然是这样，他是长子。老人们认为长子总是很谦虚的。我们的白人先生，欢迎你！

阿托 谢谢，舅舅。

佩图 啊，我们待在家里，而你……

阿克耶 我说……

佩图 发生了什么？

阿克耶 我说，艾斯，你用阿托的名义养的羊，我很长时间没看到它了。

阿克卢玛　女人们就这样。

艾斯　呵呵，我卖掉了。

曼莎和阿克耶　卖掉了？

艾斯　确实卖掉了。

阿克耶　这笔钱你花到哪儿了？

艾斯　[对着阿托简洁地说] 我没用这笔钱做什么。这次买卖
很好，加上另外挣得的一些钱，一起给了阿托的父亲，
给阿托娶媳妇用。

阿克耶　那很好。

佩图　但是，女人呀，你们就不能等到我说完想说的话吗？
孩子刚远途回来，你们还没欢迎他，却已谈到他的婚事。

阿托　[似乎刚从梦里醒来] 哦，舅舅。你们在说婚事吗？

艾斯　没什么。我只是告诉你的姨妈，我卖掉了你的那头羊，
在你要结婚的时候，用来支付聘礼……

阿托　[不经意地] 但是我已经结婚了，妈咪。

所有人　你已经结婚了？结婚了！结婚了！

艾斯　[同时说] 谁是你的妻子？

阿克耶　[同时说] 你什么时候结的婚？

曼莎　你妻子是谁？

蒙卡　[同时说] 她叫什么名字？

艾斯　她来自哪里？

[每个人都重复自己的话，乱糟糟的。]

佩图　大家都静下来。一个人必须花时间解剖一只蚂蚁，才
　　　能发现它的内脏。

蒙卡　[坏坏地笑]唉，这样我就有个我不认识的嫂子了？

阿克耶　唉，蒙卡，安静点！

娜娜　[她上回说完后，一直在睡觉]这么吵闹是为了什么？
　　　你们问过阿托旅途中的消息了吗？

[大家静静地盯着阿托。]

佩图　阿托，你什么时候结的婚？

阿托　这就是我要告诉你们的。一周前。

娜娜　[吐了口唾沫]我的外孙，你已经结婚了？为啥不写信
　　　告诉我们呢？

艾斯　阿托，儿子，谁是你的妻子？

阿托　[很羞愧地]尤拉利。

所有人　唉！

阿托　我说"尤拉利"。[此时，所有的女人都站了起来。]

蒙卡　胡拉利！

艾斯　佩图！阿克耶！他说了什么？

女人们　胡拉利！

蒙卡　哦，我们觉得，我们觉得这世上有一些名字是很可怕的。

艾斯　阿托，你知道我们中的一些人，没听到过学校的铃声。因此，我们念不出这个名字。这个，呃，胡——胡……儿子，我要她的真名。

阿托　但是，妈咪，这就是她唯一的名字。

曼莎　我们的先生，难道你的妻子……唉……是方迪人？

阿托　不是的，小姨。

阿克耶　［轻蔑地］如果是这样，那她来自哪个部落？

阿托　她没有部落。她不是来自……

娜娜　［抬头看他］她没有部落？外孙，你告诉我们的故事太离奇了。自我出生，我就没听说过谁家的孩子是由没部落的妈妈生的。难道树会没有根吗？

佩图　阿托，你的妻子来自哪里？［短暂静了一会儿。大家都看向阿托。］

阿托　没人准备听我说。我妻子来自……美国。

艾斯　［把手放在头上］哦，艾斯，你不善良。我们一直听说，别的女人的儿子去了白人的国家。为什么我的孩子不仅去了，还娶了一个白人女人？

蒙卡 美国！我的哥哥，你真去了！

阿克耶 我们本以为在我们家里，我们也终于出了个珍宝。但是孩子，你对我们做了什么？我们不了解白人的方式。人们不会嘲笑我们吗？

阿托 ［很焦虑地］谁说我娶了个白人？ 难道美国人都是白人吗？那个国家里既有白人，也有黑人。

阿克卢玛 外甥，你务必正确地告诉我们。我们可不知道。

阿托 但是你们不听我的。［一切静悄悄的，大家都盯着阿托。］我说，我妻子和我们一样黑。［大家轻松地叹了口气。］

艾斯 但是怎么回事呢？孩子，她来自美国，又有这样奇怪的名字？［老太太很响地吐了口唾沫。］

娜娜 在白人的国家，人们就这样给他们的孩子起名字吗？

阿托 ［不耐烦地］它不是白人的国家。

所有人 哦……哦……哦！

阿托 我恳求大家，请你们听我说。尤拉利的祖先也是我们的祖先。但是［渐渐流畅起来］众所周知，在过去，白人用船带走了一些人，把他们变成了奴隶。

娜娜 ［平静地］这样，外孙，你要告诉我们的是你的妻子是奴隶？［这时，甚至男人们都惊讶地站起来。女人们发出痛苦的哭声。艾斯·考姆异常伤心。她满腹忧伤地绕着圈。]

阿托　[失控地]但是她不是奴隶。她的祖父母辈才是奴隶。

娜娜　阿托，不要像你们这一代人那样说傻话。

[两个农村妇女走进了小路。]

女人甲　我的姐妹，这是什么意思?

女人乙　我也不懂呀。

女人甲　很可能那个老太太死了。

女人乙　她最近身体不太好。

女人甲　这就是生活，

　　　　有些人去了，

　　　　有些人来了，

　　　　这就是以后生活的一条路呀。

女人乙　我的姐妹，我们也开始哭吧。

[她们开始哭泣，走上舞台，然后她们看到了娜娜。]

女人甲　啊，你看，她正坐在那儿呢。

娜娜　[蹒跚着走向那两个女人]是的，我坐在这里。所以说，你们原以为我死了? 不，我还活着。回家去吧，我

的好邻居，留着眼泪到我的葬礼上吧。这个不会很久
了……回去吧。

[村妇们转身回去。]

不，先不要走，我还需要你们的泪水。[所有人都看向那
两个村妇。]我的外孙离家后，又带回来奴隶的后代。
[两个村妇显得很震惊。]我说，一个奴隶，嘿。

[艾斯·考姆很震惊，也很悲痛。]

听听，我们家都遭遇了什么。

阿托　[走到舞台的前部]神灵呀！你们有什么理由大惊小
怪？就因为我娶了一个非裔美国人？如果你们知道，尤
拉利有多甜美，就好了！[他看着两个村妇，吹了声口
哨。]你们这样吵闹，会把全村的人都吸引过来。[他突
然转个身，走向门口，走过去，关上门。现在，大家都
看着关上了的那扇门。]

娜娜　我那死了的妈妈应该早一点来接我走。
对于去世的亲人，我该怎样告诉他们？

从白人的国家，来了个奴隶的女儿。

得有人教我怎样说这个故事。

我的孩子，我害怕我到那里后，他们问我家里的消息。

我是告诉他们，还是不说呢？

真希望有人能借我一条灵活的舌头。

可以轻描淡写地对我们那些高贵的先祖说，

在我们家族里出来了一个后代，

他学在他乡，

却将一个过客

带回了我们神圣的住所！

[除了娜娜，其他人都开始离开舞台。]

当这样的事发生时，

他们会问我在哪里。

哦，万能的神灵！

这些让家族蒙羞的人来了，

还带走了这个家族的孩子们，

就像从浅滩里打上鱼一样。

娜娜·考姆还是牢牢地站在地上，

拒绝让任何一个孙儿

娶个来历不明的妻子。

　　［她转身离开，走向右边的门。］

如果那是对的，最后的人获得最好的一切，

那么我的心里涌出的是什么呢?

　　［暗场。］

第 二 幕

[两周后。下午。两个村妇捡了一些柴火，正从树林里回来。]

女人乙　唉，艾斯·考姆。

有些人生孩子很有好处。

女人甲　发生了什么？

女人乙　没什么。只是我记得我们经过她家时，

想起了她和有关她的事。

女人甲　生孩子总是有好处的。

因为我们的父辈们

明智地看着我们的生活，

然后说，

他们要的是屋里的人，

而不是屋里的钱。

没有什么能和成为一个家长相比，

我的姐妹。

女人乙 不总是这样的，我的姐妹。

如果在寂静的午后，

你偶然听到木杵击打研钵。

那么，拿出你家的研钵，

因为他们只是在捣木薯。

女人甲 他们也可能在捣山药。

女人乙 你忘了艾斯·考姆的女儿了吗？

难道你没听说人们在低语？

难道你没听到人们在唱？

从东边路的尽头，

到西边路的开端，

说着蒙卡的不幸婚姻吗？

女人甲 但是如果艾斯·考姆生了一个女儿，

而这个女儿没找到合适的男人，

我们能说，

这是艾斯·考姆自己的子女运，

或者这是她女儿的烦恼吗？

蒙卡不就是多年来

　　这儿最粗鲁的姑娘吗？

　　她不就是镇上最牙尖嘴利的人吗？

女人乙　就算这样，

　　但是艾斯·考姆为此受苦呀。

女人甲　我的姐妹，即使婚姻不幸，

　　也能生下好儿子和好女儿。

女人乙　谁来照顾他们？

女人甲　你问我？

　　现在所有人都知道，

　　她有个漂洋过海回来的儿子。

　　他难道不能帮着照顾他的外甥女和外甥？

　　在他年幼时，也有其他人照顾他。

　　我的姐妹，你说呢？

　　好像时光流逝

　　不过是左手洗了右手，

　　右手洗了左手。

女人乙　也许并不是这样的，我的姐妹。

　　但是时光已逝，

　　那时两头鹿并肩地

　　走在一起，还是不错的。

　　既然任何人都能看到并收敛

镜子里微笑的眼神。

女人甲　这些话很伤人心，我的姐妹。

但是他的妻子在哪里？

女人乙　我的姐妹，我不知道。

但是我听说他的妈妈，

曾经拜访亚乌·门沙，

请求他把女儿嫁给她的儿子。

女人甲　哦，他本来可以有一个好妻子的。

去年圣诞节这个女孩回家时，

我见过她，

我想，她没被学校教坏。

女人乙　我的姐妹，这就是令人伤心的地方。

他没娶这个我们了解和喜欢的姑娘，

而是去娶了这个

白人地方的黑姑娘。

一个陌生人，一个奴隶——

但是这是他和艾斯·考姆的事。

我听到远处孩子的哭声，

那些哭声直接落进我的耳朵里。

我们快点回家，我的姐妹。

［她带头走了。］

女人甲　喔，永恒的自然母亲，

保护生育的女神。

你怎能经过我的家，

没有停顿，

没有休息？

万能的神，什么时候婴儿的哭声，

落进我的耳朵里呢？

在我的天空，

太阳已经要下山了。

［暗场。］

［第二天的傍晚。一切很安静。阿托在屋里睡觉。尤拉利走了进来，拿着一包烟，一只打火机，一个烟灰缸和一瓶可口可乐。她面对观众，坐在露台上。她开始小口喝着可乐，不久她的心思飘过院子。之后，她也听到了她母亲的声音。随着各种声音响起，她放松下来，一会儿嘴角含着微笑，一会儿紧紧抿着嘴；而她的双眼，时而盯着前方，时而向左和向右，大概在表达她思考的情绪。］［这段台词犹如一段独白，同时她母亲的声音从后台插进来。］

画外音：最后，我终于在非洲了……圣父和圣母！我希望自己做对了事。我要在这里得到很多快乐！[微笑] 就这样想一想，我听说衣服就是用棉布做的！等一下，直到我去购物……[听着阵阵鼓声，她吃了一惊]……不管怎样，就假定这是我自己陷入的一团糟，我能做什么呢？你是有心的吧，尤拉利·拉斯？不，现在这一切都结束了，尤拉利·亚森……亚森。当然是这个名字。[微笑] 人生有时会很有趣，菲奥娜过去常常这样说。现在，我必须承认，我觉得一切相当可爱。阿托说家里会有两个男孩。菲奥娜，如果你看到我的现状就好了 [嘴角抿起] 或者如果我能看到你就好了。有时女孩就需要有她爱的和熟悉的人，告诉她一切事，大家一起乐呵呵。但是这儿没有一个人，像你那样了解我，菲奥娜。甚至回到美国，也没有……上帝呀，菲奥娜。爸爸和妈妈！那儿已没剩下什么人了。[低头] 人们怎能在哈莱姆，养育一个家？妈……为了让我上大学，双手因洗衣服变得粗糙……我说 [微笑]，我以前都不知道这种地方有可乐。[柔情地拿着可乐瓶] 菲奥娜，听说这些，本来会很惊讶的。过去我们是怎样讲到丛林和荒野生活……而我到现在都没看到一只狮子。至于他的族人，他们都很可爱。

我崇拜那个老人……不过，他的妈妈给我一种感觉。[再次听到鼓声，她有点吃惊，紧盯着]妈妈，我来到了最初的源头，我来到了非洲，我希望你无论在哪里，都会有所了解，并同意我这么做。"'尤拉利'，你不能停下。胆小鬼，你要承受一切。"而我的确承受了所有。妈妈，我甚至还毕业了。"在你气势汹汹地看着'白色垃圾'的眼睛时，告诉他下地狱去。"妈妈，我难道没对全美国人说过让他们都滚蛋吗？国会，犹太人和'白色垃圾'，从曼哈顿到哈莱姆……"甜心，不要让他们杀了你。"妈妈，我不会的。"甜心，不要在每天早上，看到镜子里的黑脸，有点儿想诅咒我和你爸爸。你就死心吧，不要像傻女孩那样做梦，有一天醒来发现自己的皮肤变奶白，头发变金黄色，就像好莱坞明星一样。甜心，上天就是让你生来就这样的黑，你没办法改变它。"妈妈，不这样想，是很难的。但是我尽力……我好希望你们长寿，我好希望你们在这儿，而不是美国。在这儿，你就不用洗很多衣服，在这儿……这儿……啊，妈妈！我知道你会拍拍我的背，说道："甜心，你真的做得不错。"土著男孩是你见过的最黑的……

[突然鼓声阵阵。尤拉利扔掉香烟，双眼瞪着。她真

的感到害怕。像一头关在笼子里的动物，她低声说
道："上帝，上帝。"她跑进屋子，扑进阿托的怀抱。〕

阿托　嗨，甜心。〔然后他注意到了她那受惊的神色。〕
你怎么了？

尤拉利　你没听到吗？

阿托　啊，什么？

尤拉利　你没听到鼓声吗？

阿托　〔竖起他的耳朵〕哦，是那些呀。

尤拉利　你不害怕吗？我害怕。

阿托　不要犯傻了，亲爱的。〔紧紧地抱着她。〕我原以为非
洲吸引你的地方之一，就是这儿有很多鼓声。

尤拉利　〔放松了一下，想了想〕是的。——但是，你知道，
我没想到鼓声会是这个样子。

阿托　你原来认为鼓声听起来就像爵士乐吗？

尤拉利　确实这样，至少差不多。你知道的，更有点像西班
牙的曼波舞曲。

阿托　我明白了。〔轻声地笑〕但是这些音乐，也没有特别让
人害怕的，不是吗？

尤拉利　我不知道。我只是觉得这个鼓声是在追捕女巫。

阿托　什么？

尤拉利　追捕女巫。

阿托　女巫……［他大笑起来，笑得上气不接下气。］追捕女巫？

哦，我的天哪，是谁把这种想法灌输到你的大脑里的？

尤拉利　可是我了解到非洲这儿总有追捕女巫的传统。

阿托　是有的，但是你为什么这么害怕？你又不是女巫，不是吗？

尤拉利　不要捉弄我。

阿托　我没有捉弄你。因为毕竟只有女巫才害怕被追捕。对

于其他居民，这是一个快乐的活动。

尤拉利　［好奇地］这么奇怪？多讲点给我听。

阿托　我会的。但是，首先，你得告诉我：你上次看到哈瓦

萨和曼哈哈时，你觉得他们怎样？

尤拉利　你现在正在取笑我。土著男孩，但是我原以为我会

了解这些事的。

阿托　［轻声地笑］尤其是追捕女巫吗？［他抓住她的手臂。］

对不起，关于这些，我了解不多。那些只是葬礼上的鼓

声。我觉得你需要午休了。你若不休息，还没等你了解

到足够的原始文化，你就精神崩溃了……

尤拉利　［谴责地抬头看他］土著男孩。

［阿托转身看着她，看到了可口可乐瓶子。］

阿托　你在喝可乐？

尤拉利　嗯……是的。

阿托　你很厉害。我就喝不了温的可乐。

尤拉利　那么，想必你带了一个冰箱到这儿。

阿托　对不起。

尤拉利　上帝啊，你抱歉什么呢？毕竟，我只是感到有点儿想家，有点儿多愁善感，我就喝了点可乐。我本可以喝到更凉爽、更甜和更有营养的饮料——椰子汁，不是吗？

阿托　[困惑地，有段时间说不出话] 我也渴了，不过我要喝杜松子酒和水。

[尤拉利看着他走回房间，过了几分钟，在她还看着时，他拿着一瓶杜松子酒、一瓶水和一只玻璃杯回来了。他看到了她的眼神和表情，他坐在露台上，与她相对。]

阿托　[调着酒] 亲爱的，怎么了？

尤拉利　什么怎么了？

阿托　嗯，你脸上有种神色。你要说些什么吗？

尤拉利　[站起来，离他更近] 是的。

阿托　[轻轻地] 那么说吧。

尤拉利 阿托……

阿托 ［打断她］顺便问一下，你想喝点什么吗？［指着杜松子酒和水］

尤拉利 是的。

阿托 哦，那么就请你原谅了。［他把调好的酒递给她，忘了给自己一杯。］

阿托 啊哈——

尤拉利 阿托，我们是不是该要孩子了呢？

阿托 ［吃惊地］为什么？我原以为……

尤拉利 唉，我记得当初我有这个想法，但是现在我有种感觉……

阿托 上帝呀，女人！她们总是有某种感觉。起先，你觉得要花几年来安顿，现在，很明显，你有了相反的感受。

尤拉利 ［她变得有些困惑］我希望，你不要认为这件事……很糟？

阿托 ［直接地］一点儿也不。只是我觉得我们最好还是坚持原先的计划。

尤拉利 ［很累的样子］好吧。［长时间停顿］现在，我最好去休息。

［她转向门，完全忘了那杯酒。阿托跟着她进了房间。］

第三幕

[六个月后。星期六下午。阿托和尤拉利来度周末。
她的遮阳帽放在院子的一把椅子上。村里的两个小
孩跑进来。]

男孩 我们现在该做什么?

女孩 捉迷藏。

男孩 好的。我来藏,你来找。

女孩 不。我不来找你,我来藏。

男孩 我说,我来藏。

女孩 不。我来。

男孩 我不准。

女孩 那我不玩了。

男孩 如果你不玩,我揍你。[揍她。]

女孩　［哭起来］畜生！

男孩　唉，我并不想打你的。是你呀！我已经告诉你，我来藏……那么我们玩其他的游戏吧。玩什么呢？

女孩　我们一起唱《幽灵》吧。

男孩　《幽灵》……《幽灵》，啊，对了！［他们手拉手，边唱边绕着圈跳。］

一个大清早，

月亮高挂天上，

和太阳一样亮；

我去艾尔米纳岔口，

就在那儿，那儿

我看到了一个可怜的幽灵，

上上下下地彷徨，

对自己唱着歌。

我应该去海岸角，

还是艾尔米纳？

我不知道，

我说不出。

我不知道，

我说不出。

［他们重复唱着，半途暗场。几秒钟后，灯又亮了，

[孩子们也消失了。阿托突然冲进来。他的头发凌乱，
裤子皱巴巴的，他睡眼惺忪，神色疲累。]

阿托 [左看看，右看看，焦虑不安地找着什么] 他们在哪
儿？这两个淘气的孩子去哪儿了？天哪！这两个邋遢的
小孩和他们的吵闹声。他们为什么来这儿？不过……他
们在哪儿？或者只是一场梦。[喘着气] 呸，这就是我恨
午睡的原因。午睡总是带来梦境，令人厌恶和费解的梦
境。这个受诅咒的岔路口的幽灵。我过去喜欢唱这首歌。
哦，真的，我喜欢过。但是那是多久以前的事儿了。我
过去常常想岔路口的幽灵在干什么。我也常常想知道它
最终做了什么……他是去了艾尔米纳还是海岸角？我过
去常想，喔，我过去常想那么多的事。但是，现在我为
什么会梦到这些事呢？

[佩图上场。他穿着旧裤子和罩衣，这是他在农场干
活时穿的工作服。]

我可能就要发疯了？

佩图 嘿——嘿！

阿托 嘿，舅舅。

佩图　我听说你回来了，所以我来打招呼。

阿托　你去农场了？

佩图　我还能去哪儿，我的先生？〔他坐在露台上，阿托依然站着。〕日子一天天过，我们必定要吃饭。那么就像你知道的，我们中的一些人没有那么好的运气，坐在办公室里，不做事都有报酬。这也是每个早上，我不得不避开路边带着露水的草叶去干活。

阿托　但是，舅舅，我们也努力工作的。

佩图　〔讽刺地〕你相信这些……但是，外甥，在我进来时，你为什么那么严厉地对自己说话呢？

阿托　〔不自在地〕我做了个奇怪的梦。

佩图　很久以前吗？

阿托　不是的。就是今天下午，我躺下来休息的时候。

佩图　下午做的梦？〔他的脸色显示，即使只想到这个，他也不是很开心。〕这个梦是什么？

阿托　我梦到两个孩子在这个院子里唱歌，唱的是那个不知道去艾尔米纳还是去海岸角的幽灵。

佩图　嗯。〔他笑了〕多有趣！

阿托　但是，舅舅，那个男孩像小时候的我。

佩图　〔严肃地〕嗯，这点需要想一下。别在意，虽然我也不喜欢下午做的梦。我会告诉你的外祖母，听她怎么说。

［他站起来离开，这时看到了尤拉利的帽子］你把妻子带来了？

阿托　是的。她也在休息。

佩图　［转身走向右边的门］喂——唉，我走了。当你的妻子醒来，告诉她我欢迎她来。我从农场带来一些芋头，下次我再多送一些过来。不要多想那个梦。

阿托　谢谢舅舅。在你离开时，请告诉我的妈妈，今天晚上，我们会去看望她。［佩图走开了。阿托困惑地站着，尤拉利走进来。］

阿托　嘿，拉利。

尤拉利　嘿。［他们互相亲了亲脸颊］我听到聊天声，是谁？

阿托　我舅舅来了，来欢迎我们。

尤拉利　［着急地］哦，这意味着他们全体要来看我们。

阿托　你乐意去看新的卫理公会学校吗？

尤拉利　太好了。［她又亲了他的脸颊，拿起那顶美丽的遮阳帽。她戴上帽子，歪着头，欣赏了一下。阿托说："很精致。"两人手挽手走过院子，一路向左边走去，走出了后院。］

［暗场。］

［两个小时后。艾斯·考姆从右边的门进来，手里拿

着两捆用麻布裹着的东西。她打开了通往阿托房间的门。她把那两捆东西放在外面的房间里，出来并拉上门，这时，阿托和尤拉利从路那边走进院子。〕

尤拉利 〔看到这个女人〕唉！〔她盯着艾斯·考姆一两秒钟，然后，转向阿托。〕阿托，你能问一下你的妈妈，她到我们的房间里做什么吗？

阿托 嗯……妈咪，你在找我们吗？

艾斯 嗯……在我们从农场回来时，他们告诉我你和你的妻子要和我们一起住两天。我就想给你们带来一样食物，因为我听说这些天，城里几乎买不到食物。而且，你的外甥们太调皮了，如果我不把这些蜗牛带到这儿，他们会在一个小时里，偷了蜗牛，把它们烤了吃了。

尤拉利 她在说啥？

阿托 噢，她只是拿来一些食物，让我们带回去。

尤拉利 什么食物？

阿托 妈咪，你带了什么？

艾斯 你妻子不会亲自去看一下？毕竟，这是女人的事。我们的先生们、学者们，都知道妻子在厨房里烧什么吗？

阿托 〔劝说地〕亲爱的，你去看一下，好吗？

〔尤拉利有些困惑地走进房间。在她进去后，她大叫

　　　　　"上帝"，跑了出来，关上了门。]

阿托　亲爱的，是什么？

尤拉利　嗯……一些正在爬的东西！［镇静了一会儿］不管怎
　　　　样，告诉你的妈妈，我们很感激。

阿托　妈咪，我妻子说她很感谢你送了这些东西。

艾斯　告诉她，我很高兴她喜欢它们……现在，我要去准备
　　　　晚餐了。蒙卡会给你和你的妻子烧饭和炖菜。如果你要
　　　　一些东西，就来告诉我们，或者叫个小孩来传话。

　　　　　［她转身。随后，又转回来。］

　　　　　［对着尤拉利］"我的女士"，向你说声再见。

　　　　　［她挥手，尤拉利也挥手致意。等她走出右边的门，
　　　　尤拉利马上去关上门，然后冲进房间，拿出了麻布
　　　　袋。在她穿过小路时，阿托拦住了她。］

阿托　这是要做什么？

尤拉利　当然是处理这些恐怖的生物！

阿托　你把它们拿到哪儿去？

尤拉利　当然是扔了。

阿托　荒唐。

尤拉利　你什么意思？荒唐？如果你认为我会和这些动物在一个房间里一起睡觉，那你就是在开玩笑。

阿托　但是你怎能这样就扔掉它们了呢？你以前没见过蜗牛吗？

尤拉利　亲爱的，你在美国的时候，在纽约街头，看到过一只爬行的蜗牛吗？不管怎样，看到蜗牛和吃蜗牛是两件完全不同的事。

[她转过身，想要继续走。阿托向她走近两大步，抓住了布袋的一角。]

阿托　但是至少，我可以把它们给我的妈妈，让她单独做给我吃。

尤拉利　这样就给了她们指责我不适应的机会。所以，不，谢谢。

[她猛拉一下布袋，从阿托那儿夺了它们，就要离开。这时，蒙卡打开了右边的门，看到了这幕。尤拉利快步离开，把麻袋扔在路边。同时，蒙卡关了右边的门，离开了。尤拉利和阿托只能面面相觑。]

蒙卡 ［从里面］妈咪，妈咪，阿托的那个"早晨阳光"把你给的蜗牛都给扔了。［阿托和尤拉利还在互相注视，这时，艾斯·考姆进来了。］

艾斯 ［对阿托说］这件事是真的吗？你妻子扔掉了我带来的蜗牛？

阿托 谁告诉你的？

艾斯 那不重要，但是，这件事是真的吗？

阿托 ［辩护地］她不知道怎样吃它们？……而且……

艾斯 而且什么，我的儿子？你现在不知道怎样吃了？你长成了什么样的人了？你妻子忌讳的，你也忌讳？恰恰相反，你的禁忌也应是她的。

　　　　［蒙卡再次进来，站在旁边看。阿托转向她。］

阿托 好啊，是你去告诉妈咪的，呃？

蒙卡 唉，不要把麻烦赖在我身上。今天下午你看到我来这里了吗？

艾斯 这些天，雨水稀少，蜗牛也很少。我一个两个地捡起来的蜗牛，你们却扔掉了。

　　　　［尤拉利走进了他们的房间。］

阿托　但是尤拉利……

蒙卡　［嘲笑地］真是一个贵重的名字……

艾斯　是的，胡拉里，胡拉里……今天我们这位女士说了什么呢？……　［尤拉利回来了。坐在露台上，开始吸烟。］

蒙卡　她令我想起一首歌里的歌词：

她很奇怪，

她很不寻常，

如果她是男人，

她本可能会杀人，

但是为了避免这些暴行，

造物主把她变成了女人！

看看这个女人！

　　　［尤拉利不理会蒙卡，尽管从她的脸色可以看出，她已猜到了蒙卡正在说什么。］

艾斯　胡拉里。嗯，我一直不说，就像一只乌龟那样安静。但是，我一直看着，希望事情会不一样，至少在这个屋里。

阿托　［走向他的妈妈］妈咪，这只是一件小事。现在你要说什么呢？

艾斯　现在，我要说什么？

蒙卡　如果不去抓棕榈树的棕丝，它当然不会嘎吱响。

艾斯　如果你听着，你就会听到我要说的。这不是第一次，我带来一些东西，却让自己丢脸。当然这是我的错。我本应该吸取教训。那天，在阿卡拉，我来看你们，同样的事也发生了……

阿托　喔，你还记恨那件事吗？

艾斯　请不要惹恼我。我怎么能忘记？我走了几里路，来看你和你的妻子。如果你把我的礼物扔到我的脸上，把我赶出你们的屋子，我怎么能忘记？

阿托　[绝望地] 妈咪，你让我太难过了。

艾斯　听听，他都说了什么。

阿托　我们请求你和蒙卡留下来，但是你们坚持回去。

蒙卡　有两种请求。一种发自内心，另一种只是嘴上说说。我的哥哥，你只是说说而已。

艾斯　我原以为我会和其他女人那样做——和儿媳妇一起待上一两天，教她怎样做你最爱的食物。但是，我怎么就没留意到，你和你的妻子都没有给我们椅子坐，或者倒水让我们干渴的喉咙凉爽一下……

阿托　我记得蒙卡喝过水。

蒙卡　是我求你们的。

艾斯 ……我怎能在不欢迎我的屋里住下呢？……你把蜗牛扔哪里了？[阿托左看右看，不知道该做什么。蒙卡冲向尤拉利扔东西的地方，找回了麻布袋。]

蒙卡 [回来] 在这儿……

艾斯 带上它们。至少，我们可以找到一个讨饭的，把它们给他。[尤拉利似乎想站起来说话，但是又坐下了，继续吸着香烟。]

哦，艾斯，不幸的你。这是真的，

过着失败的人生，就像海滩边的烛火。

想一想我经受过的苦难——

学费，制服……

蒙卡 还有数不清的玉米糕。

艾斯 我掉过的眼泪……

阿托 妈咪，你非要这样说吗？

艾斯 保持安静，儿子，让我说。因为有些东西刺痛了我的伤口。我的膝盖因为经常在富人面前弯腰行礼，而变得粗硬……现在，我的朋友们必定在背后嘲笑我。"经过这些折腾，她比以前更穷。"

蒙卡 甚至，我现在也不应该是这样可怜的人。毕竟，我的哥哥现在是一个大人物。

艾斯 [同时说] 除了独自一人一次又一次去拜访没有同情心

的有钱人，有好多次我在你的舅舅和舅公们面前哭泣，
所有人抱怨我的一个儿子的教育毁了我们这个家。

蒙卡 ［自言自语］我记得他准备去白人的国家时的事。在那
里他娶了［指着尤拉利］这个"奇迹"！钱……钱……那
么多的钱，没人听说过。一大片土地被卖了，即使这样，
还是远远不够……最后，这个家族最古老和最有价值的
传家宝——彩色织布和金首饰都被典当，而这些，我们
年轻一代没有一个人见过。这些好东西从没见过天
日……甚至在庆祝这个家里的一个女孩成人或者结婚的
时候，都没有见到过。但是，既然我们的先生需要大衣
和裤子，在这种时候，他们拿出这些珍宝，典当了，没
错，可是，它们有没有被赎回？什么时候，用什么赎？
我再问一遍。

艾斯 我究竟为了什么，还麻烦自己，送你们不欢迎的礼
物？……我欠下的债，我没拿到一个便士来支付。胡拉
利必须……嗯……他们把她叫作什么？

阿托 妈咪，说得还不够吗？给我时间，我来工作。

艾斯 不，我的儿子，我要说。你已经回来很久了。老鹰从
一开始到现在都要一直享受它想喝的汤。你的胡拉利得
到所有她要的机器了吗？胡拉利得买这个，胡拉利得买
放冰水的冰箱。胡拉利，胡拉利，这个名字，在我脑里，

嗡嗡响，就像被一只女巫蜂叮了！［说完，她快速离开了。蒙卡转身跟上，手里拿着那两袋蜗牛。］

蒙卡　我们走了。阿托，我们祝你和你的"早晨阳光"婚姻美满。［她也离开了，把门使劲拉上。这对夫妻无话可说。阿托低着头，尤拉利还在吸烟。这时，阿托说话了。］

阿托　［安静地］现在，你成功地给我带来了麻烦。你不庆祝一下吗？［尤拉利继续吸烟。似乎过了很久，她放下香烟，踩灭烟头，喊着"该死的"，站起身走进了房间。阿托离开院子，顺着左边的小路，极度缓慢地消失在夜幕中。］

第四幕

[又过去了六个月。阿托房间的门开着。从老房子那儿传来喧闹声。两个村妇刚从市场回来。为了今晚的晚饭,她们买了鱼、猪蹄和风干的牛肉等。]

女人乙 我的姐妹,不要这么大声说,

这些天,鱼也太贵了,吃不起。

女人甲 我想到我花费了这么多买了鱼……

女人乙 我该说些什么?

女人甲 今天,那所房子里为什么这么吵闹?

女人乙 你不知道吗?

明天是他们的"洒凳日"。

她家儿子从城里回来了。

女人甲 这让我想起一件事,

我很久以来都想问的。

如果她的儿子月薪不错，

为什么艾斯·考姆还这样……

女人乙　请你原谅，

我必须打断你的话。

但是，我的姐妹，你还是卷上烟草，填你自己的烟管吧。

最近情况不是很好，

房屋比以前更漏雨。

女人甲　但是怎么会这样？

女人乙　如果他裸体，他拿什么衣服给你呢？

女人甲　但是我问一下，怎么能这样呢？

女人乙　你问我？

女人甲　但是你知道的，我的姐妹。

我的名字是寂寞。

没有人能为我去打听，

回来后告诉我。

女人乙　那么挖一下你的耳屎，

仔细听吧。

艾斯·考姆和过去一样糟。

女人甲　为什么？

女人乙　他们从不问"为什么"。

不就是因为这个年轻人的妻子吗？

女人甲　她又做了什么？

女人乙　听着，听说她挥金如土，

像母鸡吃谷子一样快。

女人甲　哦，艾斯·考姆。

女人乙　如果人们说到她的事，

他们必须坐下来。

他们说这个年轻人没有一分钱……

给自己买一件衬衫。

但是最奇怪的是，

她也工作的。

女人甲　那么，她怎么花掉所有的钱呢？

女人乙　买香烟，买酒，买衣服和买机器。

女人甲　机器？

女人乙　是的，机器。

她的饮用水必须比冰雹冷。

在市场上我听说，

蒙卡喝了她家的水，

牙都酸倒了。

并且她的饭都不是用木柴烧的。

女人甲　那她没煮过，就撕开来吃？

女人乙　你呀，好姐妹!

　　她当然用机器。

　　她用机器做所有的事。

女人甲　那这就是为什么，

　　他们的手里没存下钱?

女人乙　就是这样的。

女人甲　这可真难理解。

　　在神的安排下，

　　我没有哺乳过一个孩子。

　　但是如果听我母亲说的是真的，

　　那么这些年轻人以后的日子，

　　很奇怪……非常奇怪。

女人乙　很害怕他们，我的姐妹。

　　如果你遇到他们，尽量快速跳到路边。

　　我生了十一个孩子，

　　我知道自己在说什么。

女人甲　但是我搞不懂这些，

　　或许是那个妻子怀着一个机器孩子?

女人乙　怀着——一个机器孩子?

　　这怎么可能?

　　她甚至不知道怎样

怀上一个有血有肉的孩子？

女人甲　自从他们结婚，她一直就没生小孩吗？

女人乙　没有，我的姐妹。

这个奇怪的女人好像不会生养孩子。

女人甲　不能生养！

女人乙　就像一棵橘子树，橘子都被采完了。

但是我们说得够多了，我的姐妹。

女人甲　不能生养！

女人乙　这件事我们不应该说得太多，

晚上我们还要吃饭呢。

女人甲　不能生养！……

女人乙　说太多关于他们的事，嘴会歪。

至于她儿子的婚姻，

听得太多，耳朵都会裂开。

女人甲　不能生养！

女人乙　我得走了。

你知道艾斯·考姆的麻烦有很多了……

女人甲　不能生养！……

女人乙　我说，我们要走了。［她带头离开。］

女人甲　不能生养！……如果是真的不孕，

那么，陌生姑娘，

我虽然不认识你，

但也会为你哭泣。

因为我知道，

一段没有孩子的婚姻是怎样的。

你本应该静悄悄地，

蹲在妈妈家的火炉边，

不管在哪里——

是的，用你的机器烧饭，

也用你的机器扫地，

但是他们想要的是人。

我们的族人强烈地渴望，

看到小孩头部的嫩嫩皮肤，

随着人生起起落落。

我的陌生姑娘，你的那些机器，

不会为你做一些事。

当你死时，它们不会用手给你穿上衣服……

但是，你现在能买一样机器，

就是为你哭泣的机器，

陌生姑娘，你最需要它。

在我的世界，

在你闯进来的这个世界，

对于不孕是很不友善的。

而且对你来说——

谁会替陌生人说话呢?

我的姑娘或者我的姐妹,

我还没有看见过你,

你会哭到喉咙沙哑,

你会哭到眼睛模糊。

是的,年轻女人,我会记住你。

我会在深夜记住你——

在我的睡梦里,

在我无眠的睡梦里。

[暗场。]

[第二天早上。佩图走进来,拿着满满一碗白色的油油的山药泥(捣碎的山药)。阿克卢玛走在后面,拿着一个黄铜托盘,里面是一种草药混合物,还有扫把。他们绕着院子走,先将山药后将草药撒向墙壁和地面。有个人在他们背后敲着锣。他们绕着院子走了三圈,就要离开了,这时佩图对着阿托说话。]

佩图　外甥!

阿托　［从房间出来，首次穿着土布］我在这里，舅舅。

佩图　我们杀了山羊和鸡，女人们会给你和你的妻子一些山药，这样，你们能吃到一顿适宜的早餐。但是你就没想过，你和你妻子应该走到凳房近旁吗？

阿托　嗯，舅舅，我们就要来了。

佩图　但是你是男人，你必须先来和男人们一起喝酒。

阿托　那么现在，我就跟你过去。

　　　　　［他走进房间，一分钟后回来。他们都通过右边的门离开了院子。］

　　　　　［暗场。］

　　　　　［几个小时后。尤拉利从右边的门进来。她厌恶地审视着院子。］

尤拉利　该死的杂乱！嗯，［她耸耸肩］我想乡下人都有他们的习俗。如果你问我，我想这一天是多么的杂乱不堪，已经够了。［她走进房间，然后和往常一样，拿着一瓶威士忌、一包烟和一只打火机回来。她点上烟，走向右边的门，窥视那些老房子。她做了一个鬼脸。阿托从那个方向走进来。］

尤拉利　［走向他］土著男孩，我很想你。

阿托　但是你离开我才五分钟。

尤拉利　这表明过了一年的婚姻生活，我依然爱着我的丈夫。顺便说一句，这是一个很不错的成就。

阿托　根据什么样的标准？因为我也还爱着我的妻子。[他们笑了起来。阿托低头看到她手里的杯子。]小甜心，不要喝太多。

尤拉利　但是我还没开始喝。

阿托　这个酒看上去太烈了。

尤拉利　我很需要它。每次回来时，我就变得相当焦虑。

阿托　嗯，既然我回来了，我觉得你就不需要它了，不是吗，小甜心？

尤拉利　就让我喝完这口。[声音从右边的门后传来。]

阿托　我想我的家人要来了。[焦虑地]让我帮你把酒放到房间里。

尤拉利　为什么？

阿托　我认为他们不会同意的。

尤拉利　[喝了一口]胡说八道。[声音越来越近。]

阿托　[试着拿走她手里的杯子]但是，拉利，不能让他们抓到你正在喝酒。

尤拉利　[讽刺地]这是禁忌吗？[她笑着走进了房间。就在那时，佩图和阿克卢玛进来，后面跟着蒙卡，她拿着盛着草药混合物的铜碗。紧随其后，艾斯·考姆、曼莎、阿克耶和娜娜走进来了。]

阿托 唉！

[他拿了门前的两把椅子，让两个男人坐下。大家都乐呵呵地大声祝福他。蒙卡把药放在两个男人中间。女人们团坐在露台上。]

阿托 [对佩图说]你们怎么会来这儿，我的长辈们？

娜娜 [她坐在角落里说]年轻人，站着可不是说话的方式。在精准找蚂蚁时，我们不会站着去找蚂蚁的痕迹。你先找个地方坐下，再问我们这一次来的目的吧。

[阿托匆匆走进房间，拿了一把椅子出来，坐下来。]

阿托 今天下午是什么风把你们吹来的？

阿克卢玛 啊，年轻人，你终于上道了。如果你不觉得我多管闲事，我能问句，你妻子在哪儿吗？

娜娜 谁说这不是你的事了？这是他的事，不是吗？[冲着佩图说]

曼莎 如果这不是你的事，那是谁的事？这是大家的事，不是吗？[向阿克耶说。]

艾斯　唉，这些日子，一个儿子的婚姻不能只是他自己的事。

[阿托走进了房间。]

娜娜　在许多人家里，它可能是这样的。这儿，事情并没改变。[她用拐杖敲了敲地。阿托带着尤拉利进来，她看到这么多人感到很惊讶。]

尤拉利　为什么这么多人？[阿托没说什么。大家都盯着她。她四处张望，想找地方坐下。阿托看到了，跳起来把他的椅子给了她。]

佩图　那你坐哪儿呢？

阿托　哦，就那儿。[指向露台上的一个地方。人们发出"唉""哦"声。]

佩图　我们的先生，我们就要和你说一说，你必须坐得近点，那样我们就不必大声喊了。[阿托不安地看向尤拉利。他们对视，退到一边窃窃私语，观众无法听清。最后，尤拉利走进了他们的房间。]

阿克卢玛　现在，发生了什么？

阿托　没什么事，舅舅。

佩图　啊，她离开了吗？

阿托　嗯……嗯……

阿克卢玛　但是我们要说的和她有关。

阿托　嗯……既然她听不懂，那你就先告诉我，我再把所有
　　　的话告诉她。

娜娜　我都没听说过这样的事。一群强壮的男人为了她聚在
　　　一起，而她却自行离开了？

艾斯　然而，这件事不必提及。

佩图　如果她离开了，我们用这药洗谁的肚子？

蒙卡　就是！［接着这些女人意味深长地看着阿托。］

阿托　舅舅，你的意思是你们要用这些药洗我妻子的肚子？

佩图　是的。

阿托　为什么？

阿克卢玛　耐心点，我们的先生。

佩图　［看向四周］现在，我希望我能表达我的想法了。

所有人　继续说。

佩图　几天前我们聚在一起，商讨的结果是我们必须来问你
　　　和你的妻子，在外祖母离世前，是什么阻止你们为外祖
　　　母生下重孙子？

［每个人都在点头。娜娜比其他人更重地点头。］

阿托　啊！

佩图　你知道的，我们之所以选择今天是因为在过去一年中，

只有今天才能驱走入侵我们屋子的所有邪恶的精灵、不好的运气和坏情绪。你也知道，我们在唤醒神圣的祖先，让他们带来祝福。因此，我们想要你告诉我们，你和你妻子出了什么毛病。这样，我们先洗你妻子的肚子，然后向祖先祭酒，请他们前来驱走你们身边的邪恶精灵，请祖先给你一个孩子。

阿托　［紧抓住椅子］天哪！

佩图　因此，外甥，这就是我们带给你们的东西。［所有人都看着阿托。］

阿托　哦！

阿克卢玛　阿托，他们让我们带给你一个消息。他们让我们得到你的亲口回话。我希望你不会认为我们去告诉他们，你唯一的答复就是"哦！"。究竟是什么原因呢？

阿托　没什么……哦！

佩图　你还有其他要说的吗？两人结婚，大家都盼望着他们有孩子。因为男人和女人结婚，不就是为了要孩子吗？或者，我说错了，阿克卢玛？

阿克卢玛　你怎么会错呢？这是事实。

佩图　因此，我的外甥，如果没有孩子，那么总有些地方出错了。你不能对我们说这没什么吗？世上没有一种病是不能治疗的。它可能要花很多钱，但是如果金钱不用于

167

人们所需的，那么金钱也是没价值的。如果是你的妻子……

阿托　［挑衅地］你为什么说是我妻子的错？

佩图　哦，我的证人就是你的阿克卢玛舅舅。［面向阿克卢玛］阿克卢玛，你听到我说的了。我说过是他妻子的错吗？我说的是"如果是你的妻子……"我怎么可能说是你妻子的错呢？

阿克卢玛　佩图当然不可能这么说。他怎么知道你们的婚姻状况呢？

阿克耶　即使你说到她，你也没犯罪呀？

艾斯　我很安静。

阿克耶　谁不知道她吸烟？谁没听说过她能和男人那样一口喝干酒？

　　　　　　［大家都附和着。］

阿托　天哪！

佩图　外甥，我们还在等着呢。

阿克卢玛　他会说没事的。

佩图　错在哪里？

阿托　没什么。

阿克卢玛　我告诉过你们的。

佩图　[愤怒地] 蒙卡，拿着药跟我来。[女人们太吃惊了。她们茫然地四处看着。蒙卡拿着铜碗。大家都站起来。] 外甥，我们要用我们的方式来离开你。我不能对你生气。我只是一个传话者。现在，我记起了你的梦。我本来想请祖先前来带走缠着你的恶灵。现在，我知道它不是外来的恶灵，我的外甥。[他大步走出去。后面跟着阿克卢玛、蒙卡等。艾斯·考姆转过身，双手叉腰，长时间地盯着阿托。她只有在老太太转过身，用棍子催她走时，才开始动。但是在蹒跚离开前，老太太吐了一口唾沫。尤拉利偷偷往外看，发现人们走了，才出来。她来回走了一会儿，然后走向阿托。他没有动。]

尤拉利　土著男孩，他们说了什么？[一片寂静] 阿托，发生了什么？

阿托　他们来问我们为什么没生孩子。

尤拉利　那你告诉他们什么了？

阿托　没什么。

尤拉利　"没什么"是什么意思？我本以为这个问题的答案很简单。

阿托　他们会说，我们避孕会使祖先的灵魂和万能的神灵不开心的……

尤拉利　［愤怒地］你知道这一切，是不是，我勇敢的黑骑士？现在，你都不敢在他们面前承认了，是吧？［她打着哈欠说］哦，上帝！这样乱七八糟！

　　　　［暗场。］

第五幕

[第二天早上。远处响起教堂的钟声。今天是星期
天。阿托穿着当地的丧服走进来。他正要去参加一
个去年去世的、隔了四代的表亲的家人举办的感恩
仪式。他走来走去，显然很不安。]

阿托　[来到他们房间的门前] 尤拉利，你要花多少时间在穿
衣服上？[没有回应。他走来走去] 我说尤拉利，我要等
你到永远了吗？

[尤拉利穿着家居服走了出来，看上去很兴奋。]

尤拉利　如果你一定要知道，亲爱的摩西，那就是我不去了。
阿托　你什么意思？

尤拉利　你知道我的意思，难道你听不懂英语了？

阿托　〔转身背朝着她〕我在等你。如果我们不在九点前赶到，那儿就会满座，我不想整个感恩仪式都站着。

尤拉利　当然，如果是这样，你就可以回来继续睡觉。〔她咯咯地笑。〕我就可以，不过我再重复一遍"我不去了"。哦，或许是你的语言太英式了，没能听懂我的美国佬土话？

阿托　〔痛苦地〕尤拉利，你喝酒了！

尤拉利　是的，摩西。

阿托　又喝了？〔用震惊的语气说〕在星期天的早上？

尤拉利　亲爱的摩西，小可怜。是的，我在喝酒，并且在星期天的早上。多么可怕呀！但是，摩西，不管在上帝的哪个日子里，一个姑娘喝醉酒，这没什么要紧，是吧？

阿托　〔痛苦不堪地〕尤拉利！

尤拉利　是啊……那就是你的漂亮的妻子，在上帝的神圣日子里，喝醉酒……我的上帝，多好的早上！

〔哼着"我的上帝，多好的早上"。〕

阿托　〔温和地看着她〕小甜心。

尤拉利　〔又大笑起来〕接下来你就要说"可怜的小甜心了"？我若待在纽约，会比在这儿更好。〔拙劣地模仿着阿托〕

"尤拉利，我的家人说女人喝酒是不好的。尤拉利，我的家人说看到你吸烟，他们不开心……尤拉利，我的家人说……我的家人……我的家人……"该死的臭胆小鬼！[阿托皱了一下眉。]不管你的家人说什么，我都要喝酒。[面朝观众，她坐在露台上。]谁娶了我，是你还是你那些该死的家人？

[她站起来，走近阿托。]

你为什么不告诉他们？你许诺过的，我们在准备要孩子时才生孩子。

阿托 他们不会理解的。

尤拉利 哈！为了你的面子，你这样就让他们以为我不能生孩子？

阿托 不是这样的。

尤拉利 那怎样的？

阿托 他们只是不明白这件事，我们在准备要孩子时才生孩子。

尤拉利 他们当然不理解。他们除了自己的野蛮习俗和标准，还能理解其他什么呢？

阿托 尤拉利！

尤拉利　当然，你本应该知道这些的。除了欣赏史前的存在，他们还会欣赏什么呢？比恐龙还野蛮。那些蜗牛和他们的草药！事后，你告诉了我，不是吗？他们希望我在他们面前脱衣，清洗我的肚子。用那些脏东西来洗！〔她忧伤地笑了。〕你告诉他们什么了，在你选我之前，我是一个脱衣舞女？……〔她又坐下。〕去吧，去一个你不认识的人的葬礼上，哭泣吧。这就是他们了解并认为有价值的事情。〔此时，她当然很清醒了。〕

阿托　听我说，你不能侮辱……

尤拉利　……"我的家人"。说吧，摩西。我说了我想说的。我累了。我总是做一些事来讨好你和你的家人……我喜欢的是什么呢？在这块腐烂的大地上，又有什么意义？

阿托　〔做出有说服力的样子〕入乡随俗嘛。

尤拉利　〔蔑视地〕我原以为你会做得好。既然你能这么好地布道，难道你就不能给你的家人布道？让他们试着理解一点点事物，他们对这些事物可是一无所知。

阿托　闭嘴！那些美国黑人又知道多少？

尤拉利　你居然把这些野蛮的、愚蠢的、狭隘的野人和我们相比？你胆敢……？〔像闪电一般，阿托迅猛地打了她一巴掌，然后走向左边的路，离开了房子。尤拉利，一脸震惊，用手抚摸脸颊几秒钟。她想说，却说不出来。她

默默流泪，全身剧烈颤抖，瘫坐到了最近的椅子上。这
样持续了一会儿后，暗场。]

[这一天的午夜。阿托跌跌撞撞地从小路走进院子。
因为太黑了，他几乎看不清路。他边走边喊着"妈
咪，妈咪"，然后站在右边的门后。两个村妇，裹着
床单跑到了路上。她们提着小小的锡灯。]

女人甲 我的姐妹，发生了什么？

女人乙 哦，你也醒了。

女人甲 这个噪声响得足够唤醒死人。

为什么午夜里有这么多的噪声？

女人乙 天很黑了。

我都看不清门前的人。

他看起来像一个……幽灵。

[阿托累得瘫坐在露台上。]

女人甲 我觉得是那个儿子。

女人乙 哦，你说得对。

女人甲 但是在这个时辰，他要干什么呢？

女人乙　我的姐妹，我不知道。

　　但是好像听说，

　　他和他的妻子之间

　　有问题。

女人甲　你怎么知道的？

女人乙　嗯，我能告诉你。

　　路边的鸟，

　　从不厌倦地啾啾。

　　但是这不是什么秘密。

　　我的儿子们告诉我这些，

　　在他们回家的路上，

　　在他们搭建陷阱时，

　　他们看到了那个妻子，

　　坐在学校的草地上，

　　低着头。

女人甲　啊……这是什么时候的事，我的姐妹？

女人乙　就在今晚，

　　夜幕快要降临时。

女人甲　不幸的预言成真了。

　　我都比那个吞吃狗眼的人好得多。

　　……但是她坐在那里干吗？

女人乙　我不知道。

那也不是我所关心的。

另外，婚姻就像下棋，

有些人必定失败，

有些人总有所得。

女人甲　但是如果两人都很好，

这场游戏可能平等地结束。

女人乙　你怎么知道，

这场游戏中的玩者不平等呢?

女人甲　一个有支持者，

另一个没有!

女人乙　有些人总会赢的，

让别人输了再输。

女人甲　你说得很对。

而且这只是开头。

女人乙　我们知道了这些，

那么，我的姐妹，

让我们回去补起

被打断的睡眠。

　　[她们离开。阿托站起来，又开始重重地敲门，同时

不停地叫着"妈咪"。艾斯·考姆开了门，走出来。

在她开始说话时，阿托盯着她。]

艾斯 嘿，你把大家从床上唤起，发生了什么？很严重吗？

我要不要去找你的舅舅？你和你妻子为什么不参加今天

早上的感恩仪式？你们去了哪里？我们给你们留下的食

物都冷了。难道这是受过教育的人的习惯，在他们离开

时，不说再见？

阿托 不是这样的。尤拉利不见了。

艾斯 [走向院子的前部，阿托随后跟着。]她去哪里了？

阿托 我不知道。

艾斯 [叹气]或许她去你们城里的家了。

阿托 我刚从那儿回来。

艾斯 那她会去哪儿？我们原以为你们一起离开了。

阿托 不是的。

艾斯 但是她的举动为什么这样奇怪？

阿托 我打了她。

艾斯 你打了她？她做了什么？

阿托 她说我的亲人没有理解力，没有文明。

艾斯 [冷静地惊叫了一声，然后点点头]就是这个？[她来

回走了一会，然后转向阿托。]我的孩子，为什么你的妻

子说这些有关于我们的话？

阿托　我不知道。

艾斯　你真的一无所知吗？我原以为去学校读过书的人，知道所有的事……因此你的妻子说我们没有理解力，没有文明……我们谢谢她，也谢谢你……但是如果你知道她为什么这样说，事情就会好一些。

阿托　［痛苦地］我只是要求她参加感恩仪式。但是她拒绝了，然后……

艾斯　她能不拒绝吗？如果我是她，我也会拒绝的。我知道我总可以拒绝做一些事。［停了一会儿］她的子宫萎缩了，不是吗？但是你让她知道有孩子该是多重要的事了吗？

阿托　但是她的子宫没有萎缩。

艾斯　［难以置信地］你说什么？

阿托　如果我们想要孩子的话，她可以生的。

艾斯　唉，大家都要来听听这些。［她诧异地来回走着］我从没有听说过这种事……人可以决定什么时候有孩子？［对着阿托］那么，神在哪儿？［阿托不知道怎样回答，非常困惑］……然而只有一个不孕的女人，才会这样告诉邻居。

阿托　但就是会有这样的事。

艾斯　哦，能这样做，就做吧。但是，我肯定任何女人这样做，都会在她先祖灵魂的愤怒下死亡——或者，最起码她在想要孩子的时候，她永远没法生出孩子。

阿托　但是，妈咪，在这个文明的时代里……

艾斯　什么文明的时代？我现在知道了，你在教你的妻子侮辱我们……

阿托　哦，妈咪！

艾斯　这个不就是事实？你为什么不告诉我们你和你的妻子是神灵，你们想要孩子就会生出孩子来？［阿托面带愧色，尽管有着很多猜测，几次想说，但是说不出来。长时间的停顿。］你没有告诉我们这一切，而我们搜集了那些药。同时，你的妻子在嘲笑我们，因为我们不了解这些……是的，她嘲笑我们，因为我们不懂这些……［在这一点上，母子俩面对面长时间站着，最后是阿托受不了，把目光投向地面。］……我们很生气，因为我们觉得，你俩都没做对你们好的事。［现在她似乎在自言自语。］……但是，谁能指责她？没有一个陌生人打破过规则……［又是长时间停顿］嗯……我的儿子，在这件事上，你没有好好地处理你和我们的事，你也没处理好你和你妻子的事。［阿托几次试图说话，但无果。］明天，我会把这一切告诉你的外祖母、你的舅舅和你的阿姨们，我知道他们会告诉你……［这时，尤拉利从右边的小路进来。她很虚弱，看上去很不开心。阿托茫然地盯着她，她几乎摔倒在院子的前部。随着阿托的视线，艾斯看到了她，冲上前去扶住她。走几步路进入院子后，尤拉利转过身，似乎想和阿托说话。但是艾斯·考姆向她做了一个手势，让她不要说话，而她自己继续向阿托说……］

是的，我知道，

他们会告诉你这些，

在陌生人把他的手指

浸到浓浓的棕榈坚果汤前，

得有个村里人，

告诉他怎么做。

我们必须慎重对待你的妻子，

你告诉我们她的母亲已经去世了。

如果她有柔情，

她的幽灵必定看护着她，

看护着她身上发生的一切事……［短暂的安静，然后清楚地对着尤拉利说］

来，我的孩子。

　　［说完，艾斯就扶着尤拉利，通过一道门，来到老房子。阿托只是盯着她们离开，当她们消失后，他走

向自己家的门，停了一会儿，然后跑回通向老房子的那道门，在那儿站了一会儿，最后走到院子的中间。他看上去很迷惑，很失落。然后，突然地，孩子们的声音响起，如同来自他脑子里的回响。]

我要去海岸角，

还是去艾尔米纳？

我不清楚，

是不是？

我不清楚。

我不清楚。

我不清楚……

[声音逐渐消失，他身上的光，也逐渐模糊。]

——剧终——

浙江师范大学外国语学院
"非洲人文经典译丛"

百年来,非洲的文化思想飞速革新,其知识分子既尽力重现往日历史传统的光辉,又在全球化的碰撞下迸发出新的思想火花,在文化领域留下了不可磨灭的思想印记。非洲大陆为世界贡献了许多杰出的文学家、思想家、政治家等。在中非合作越来越紧密的今天,人文领域的相互理解也变得越来越重要,需要双方学者进行全方位、深层次、多角度的系统研究。

浙江师范大学外国语学院拥有国内高校首个非洲文学研究中心、非洲翻译馆(非洲翻译研究中心)。这两个中心旨在搭建学术平台,深入战略合作,积极推进中非文化的发展与传播,为加深中非学术和文化交流做出新贡献。

国内首套大型"非洲人文经典译丛"以"20世纪非洲百部经典"名单为基础,分批次组织非洲文学作品以及非洲学者在政治学、社会学、哲学、人类学等领域的重要专著的汉译工作,并将在此过程中形成一支高效实干的学术团队,培养非洲人文社科领域的译介与研究人才,构建具有中国特色的非洲人文研究学术话语体系。

浙江师范大学非洲研究院
"非洲研究文库"

非洲大陆地域辽阔，国家众多，文化独特。近年来，中国与非洲国家的交往合作迅速扩大，中非关系的战略地位日益重要。目前，中非关系已超出双边关系的范畴而对世界产生多方面的影响，成为撬动中国与外部世界关系的一个支点。在此大背景下，中国社会对非洲有了迫切的认知需求，有必要对非洲国家的各个方面展开深入系统的研究。

浙江师范大学非洲研究院是国内高校中首家成立的综合性非洲研究院，创建的目标在于建构一个开放的学术平台，聚集海内外学者及有志于非洲研究的后起之秀，开展长期而系统的研究工作，以学术服务于国家与社会。

"非洲研究文库"是浙江师范大学非洲研究院长期开展的一项基础性、公益性工作，秉承非洲研究院"非洲情怀，中国特色，全球视野"之治学理念，并遵循"学科建设与社会需求并重，学术追求与现实应用兼顾"之编纂原则，由国内外知名学者组成编纂委员会，遴选非洲研究领域的重大重点课题，以国别和专题之形式，集为若干系列丛书逐步编撰出版，形成既有学科覆盖面与知识系统性，同时又重点突出、各具特色的非洲研究基础成果，为中国非洲研究事业之进步，做添砖加瓦、铺路架桥之工作。